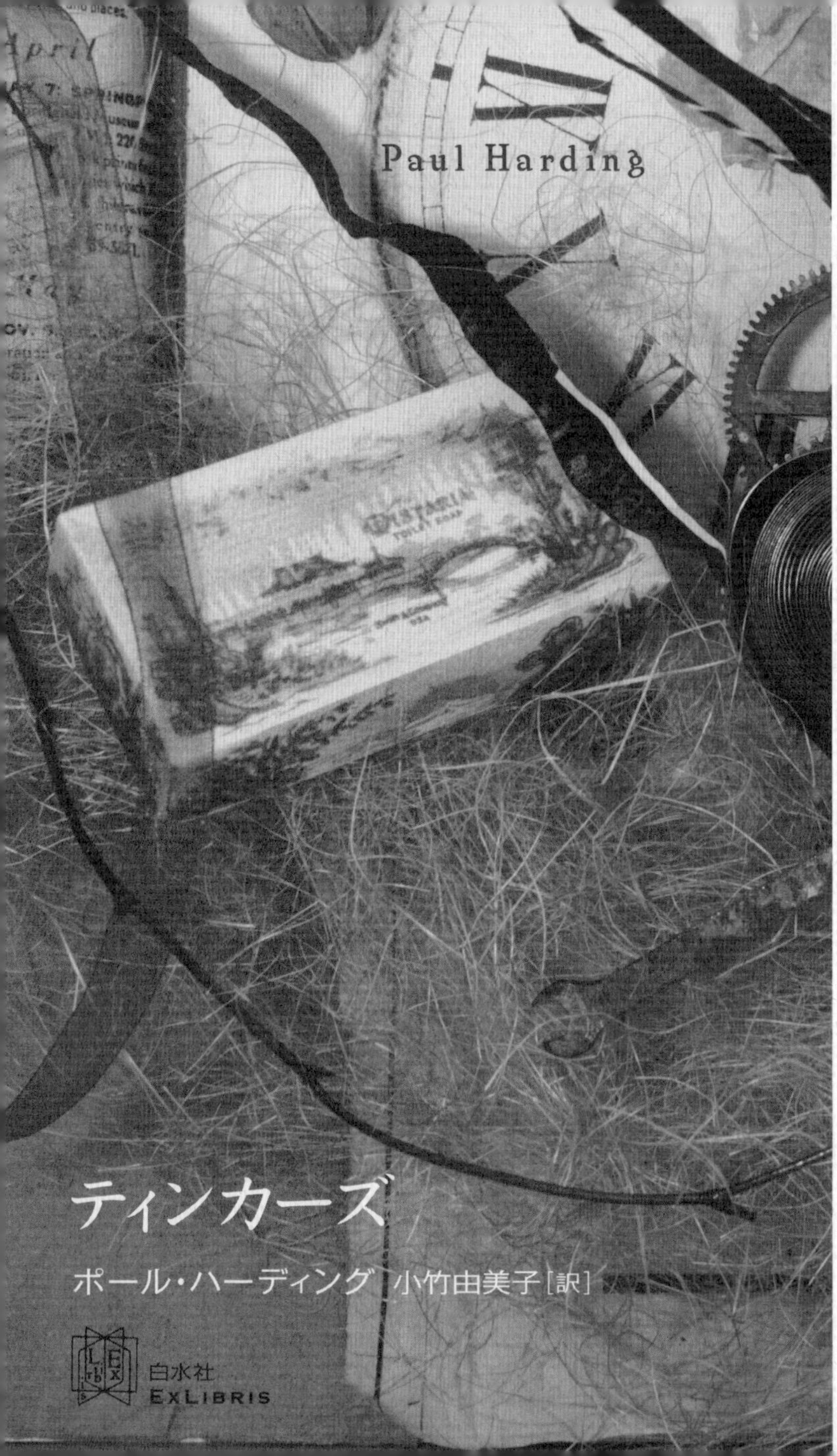

Paul Harding

ティンカーズ

ポール・ハーディング　小竹由美子［訳］

白水社
ExLibris

ティンカーズ

メグ、サミュエル、ベンジャミンへ

装丁　緒方修一
カバー装画　引地　渉

1

死ぬ八日まえから、ジョージ・ワシントン・クロスビーは幻覚を起こすようになった。自宅の居間の真ん中に据えられたレンタルの病院用ベッドから見ていると、漆喰塗りの天井の実際にはないひびから虫が出入りしている。きちんと嵌め込んで目地の処理をしていたはずの窓ガラスは、窓枠でぐらぐらしている。今度ちょっと強い風が吹いたら、残らず倒れて、長椅子や二人掛けのソファや皆が腰を下ろせるようにと彼の妻が持ち込んだキッチンの椅子に座っている家族の頭上に落っこちてくるだろう。窓ガラスが滝のように降り注いで、皆、部屋から逃げ出すだろう。カンザスとアトランタとシアトルからやってきた孫たちも、フロリダから来た妹も。そして彼はベッドの上で、粉々になったガラスに囲まれて取り残されてしまう。花粉やスズメ、雨や、彼が人生の半分を費やして鳥の餌箱へ入らないよう防いできた大胆不敵なリスが、家に侵入してくるだろう。

彼は自分で家を建てた――基礎を流し込み、骨組みを立ち上げ、パイプを繋ぎ、電線を巡らせ、壁に漆喰を塗り、それぞれの部屋にペンキを塗って。一度、むき出しの基礎のなかで温水タンクの最後の接合部分をはんだ付けしていたときに、落雷に遭ったことがある。反対側の壁まで吹き飛ばされた彼は、立ち上がって接合を仕上げたのだった。漆喰にできたひびはそのまま放ってはおかない。詰まったパイプは通す。羽目板のペンキが剝げかけてきたら、きれいにこすり落として新しいペンキを厚く塗る。

漆喰を買ってきてくれ。ペルシャ絨毯やコロニアル風の家具や何十ものアンティーク時計に囲まれたなかではいかにも病院じみて場違いなベッドで上体を起こし、彼は言った。漆喰を買ってきてくれ。ちくしょうめ、漆喰とワイヤーと、フックを二つ三つ。ぜんぶで五ドルもあれば足りるだろう。

いいよ、じいちゃん、と彼らは答えた。

わかったわ、父さん。彼の背後の開いた窓からそよ風が吹き込んで、皆の疲れた頭をすっきりさせる。外の芝生の上で、ローンボウリングのボールがコツンと音をたてた。

正午になると、家族がキッチンで昼食の支度をしているあいだ、彼はちょっとの間ひとりになった。天井のひびは広がって割れ目となっていた。ベッドのロックされた車輪は、敷物の下のオーク材の床に新しくできた断層へと沈みかけている。床は今にも抜けてしまいそうだ。彼の役立たずの胃袋はトプスフィールド・フェア（マサチューセッツ州トプスフィールドで開かれるアメリカで最も古い農産物品評会）

で乗り物に乗ったときのように胸元まで跳び上がり、背骨が折れんばかりの衝撃とともにベッドごと、地下の、彼の仕事場の押しつぶされた残骸の上に着地するのだろう。崩壊がすでに現実に起こったかのように、彼は目に映るはずの情景を思い描いた。居間の天井は今や二階分の高さとなり、床板は割れてギザギザの漏斗型になっている。銅管は曲がり、切断された血管のように見える電線が、壁を縁取りながらこの突然生じた廃墟全体の中心である彼を指し示している。キッチンから低い話し声が漏れていた。

　ジョージは顔の向きを変えた。視界からちょっと外れたところで、女たちの誰かがポテトサラダと筒型に巻いたローストビーフの薄切りを乗せた紙皿を膝に置き、ジンジャーエールのプラスチックカップを手に座っているのではないかと思ったのだ。だが、廃墟は頑として消えなかった。大声をあげたつもりなのに、キッチンの女たちの声も、庭の男たちの声も、途切れずに続いている。彼は残骸の山に横たわって、上を見た。

　二階が崩れ落ちてきた。仕上げをしていない松材の骨組みや、行き止まりになっている管（かつて彼が設置するつもりでいたトイレやシンクに繋がれないままとなっていた、キャップで蓋をしたパイプ）や、古いコート類を掛けたラックや、忘れられたボードゲームだのパズルだの壊れた玩具だのを詰めたいくつもの箱や、家族写真——うんと昔の、錫《すず》の板に焼きつけたものもある——を入れた袋、そんなものすべてが地下室へ崩れ落ちてきたというのに、彼は片手を上げて顔を守ることさえできなかった。

ところが彼は幽霊同然のほとんど無に等しい存在だったので、木も金属も、鮮やかな色で印刷されたダンボールや紙の束（「イージー・ストリートへ六コマ進む！」、ショールを掛けてしゃちこばり、不機嫌な表情をカメラに向けたノディンひいおばあちゃん、花やネットで盛り上がった、水兵を埋葬した小山みたいな帽子のせいで滑稽に見える）も、本当なら彼の骨を砕いたはずのそんなものは、映画の小道具であるかのように、彼もしくはそれらのものが、もともとの、実物の複製であるかのように、上に落ちてきては散っていった。

卒業写真や古いウールの上着や錆びた道具類、彼が地元高校の機械製図科主任に昇進したことを、それから進路生活指導主事に任ぜられたことを、そして彼の退職とアンティーク時計の売買修理というその後の職業について報じる新聞の切り抜きに囲まれて、彼は横たわっていた。彼が修理していた時計のめちゃめちゃになった真鍮の部品が、その混乱のなかに散らばっている。彼は三階分上のむき出しになった屋根の支持梁や、そのあいだに張られた裏が銀色のふっくらした断熱材を見上げた。孫息子の誰かが（どの子だったっけ？）何年もまえにその断熱材を留め金具でぴったり留めつけたのだが、今では二、三枚がはずれて、毛羽立ったピンクの舌のようにだらんと垂れ下がっている。

その屋根が崩れ、木や釘、タール紙や屋根板や断熱材が新たな雪崩となって降ってくる。空が現われた。一面に散らばった平たい雲が青い空を鉄床《かなとこ》の船団のように流れている。

ジョージは病人が外へ出たときのひりひりして涙が滲んでくるような感覚を味わった。雲の動きが止まり、一瞬そのままでいたかと思うと、どっと頭上に落ちてきた。
続いて空の青さそのものが、とり散らかったコンクリートのくぼみめがけて高いところから流れこんできた。次には星が、緩んではずれた天の飾りのように周囲へチリチリと降ってくる。最後には、黒々とした虚無そのものが剝がれて積み重なったものすべての上にすっぽり垂れ下がり、ジョージの混乱した消滅を覆ってしまった。

ジョージが死ぬほぼ七十年まえのこと、彼の父親であるハワード・アーロン・クロスビーは荷馬車を御して生計を立てていた。木製の荷馬車だ。輻《や》のある木製の車輪と二本の車軸の上に、引出し付きの収納箱が乗っている。引出しは何十もあり、それぞれに真鍮の輪がついていて、人差し指を引っ掛けて開けるようになっている。なかには、ブラシや木材から採った油、歯磨き粉やウールの長靴下、ひげ剃り用石鹼や西洋剃刀が収められていた。靴磨きクリームや靴紐、箒の柄やモップの替え糸が入った引出しもあった。ウィスキーを四本入れてある秘密の引出しもあった。おもに裏道が彼の通り道で、舗装していない小道を森の奥深くの隠れた空き地へ入っていくと、おが屑や木の切り株に囲まれて丸太小屋があり、質素な服を着て、髪をぎゅっとひっつめているせいで微笑んでいるように見える（実際には微笑んでなどいない）女が、リス撃ち用の銃の撃鉄を起こして歪んだ戸口に立っている。あら、あんただったのね、ハワード。そうねえ、ブリキのバケツをひとつ、もらおうかしら。夏になると、ハワードはヒースの匂いを嗅ぎながら「サムワンズ・ロッキン・マイ・ドリームボート」を歌い、メキシコからやってきたモナーク蝶《バタフライ》（バターが燃える《ファイアーズ》、炎が揺らめく《フラター・フレイムズ》、彼はちょっと詩人を気取ってみる）を眺めた。春と秋はいちばん繁盛する時期だった。秋は、森の奥に住む人々が冬に備えて買いだめするし（彼は商品を荷馬車から下ろして燃えるようなカエデの葉の上に積み上げる）、春は、道が通れるようになってハワードが初めて巡回する数週間もまえに、彼らはたいてい生活必需品を切らしてしまっているからだった。そういうときには彼らは夢遊病者のように荷馬車に寄ってきた。貪欲に目を輝かせて。棺桶の注文を受けて森から出てくることもあった――黄麻布に包まれ、薪小屋のなかでこわばっている子供や細君のための。

ハワードは鋳掛け仕事もやった。ブリキの鍋や錬鉄製品。はんだを溶かして粘土のくぼみに入れておく。水銀のパッチワークだ。鍋を叩いてでこぼこを直すこともあった。北部の森に覆われて、ブリキの音をチリチリと小さく響かせながら。鋳掛け屋《ティンカーバード》、銅細工師《コッパースミス》、でもたいていは、ブラシやモップの行商人《ドラマー》。

ジョージは家の基礎を掘ってコンクリートを流し込むことができた。材木を鋸で挽き、釘を打って骨組みを作ることができた。部屋の配線をし、配管作業もできた。壁板を張ることができた。床を張り、屋根を葺くことができた。レンガの階段を作ることができた。窓の目地を埋め、窓枠を塗ることができた。だが彼は、ボールを投げることも一マイル歩くこともできなかった。彼は運動が大嫌いだった。六十歳で早期退職するや、可能なかぎり二度と心拍数を上げようとはしなくなり、たとえ上げるとしても、ニジマスのいるいい淵へ行くために密生した雑木林を押し分けて進むときくらいだった。鼠径部にできた癌のために初めて放射線治療を受けたとき、両脚が浜辺に並ぶ二頭の海獣の死体のように腫れ上がり、それから材木のように固くなったのは、運動不足が原因だったのかもしれない。寝たきりになるまで彼は、現代のような義肢装着法がまだなかった頃の戦争で脚を失ったかのような歩き方をしていた。鉄のピンを通した蝶番のある硬木の二本の脚を腰に締め金で留めつけているみたいに、よたよた歩いていたのだ。夜、ベッドでパジャマ越しに彼の脚に触れた妻は、オーク材とかカエデ材を思い浮かべてしまい、地下の夫の仕事場へ下りていってサンドペーパーと塗装剤を取ってきて、夫の脚を家具の脚を扱うように磨いて刷毛で塗料を塗るところを想像しないようにするために、無理に何か他のことを考えなくてはならなかった。一度など、あたしの夫はテーブルなんだわ、と思い、笑いを押し殺そうとして大きな鼻息をたててしまったことがあった。そのあとでひどく申し訳なくなり、彼女は泣いた。

毎日の巡回で顔を会わせる田舎の女たちの一部にみられる頑迷さのおかげで、揺るぎなく辛抱強く説得しようとする姿勢が培われたとハワードは思っていた、というか、このことについてわざわざ考えてみようとしたならばそう思ったことだろう。石鹼会社が従来の洗剤を製造中止にして新たな製法に変え、石鹼が入っている箱のデザインを変更したときには、相手が金を払ってくれる顧客でなければさっさと白旗を掲げてしまったに違いない議論をハワードはなんとかやり抜かねばならなかった。

石鹼はどこ?

これが石鹼です。

箱が違うわ。

はい、箱が変わったんです。

元の箱のどこが悪かったの?

どこも悪くないです。

じゃあどうして変わったの?

石鹼がもっといいのになったんです。

石鹼が違うの?

よくなったんです。

まえの石鹼で何も問題なかったわよ。

もちろんです。でもこっちのほうが品質がいいんです。
まえの石鹼で何も問題なかったのよ。だのにどう品質がよくなるのよ？
ええっと、もっとよく汚れが落ちます。
まえのでちゃんと落ちたわよ。
こっちのほうがもっと落ちます——それに早いです。
そうねえ、あたしはふつうの石鹼を一箱もらうわ。
今度はこれがふつうの石鹼なんです。
あのいつものふつうの石鹼は買えないの？
これがふつうの石鹼なんです、保証しますよ。
でもねえ、新しい石鹼を使ってみるのはどうもねえ。
新しいってわけじゃありません。
クロスビーさんがそう言うんならねえ。まあ、そう言うんなら。
あの、奥さん、もう一セントいただかないと。
もう一セント？　どうして？
この石鹼は一セント高いんです、品質がよくなってますから。
青い箱に入った違う石鹼を買うのに一セント余分に払わなきゃいけないって言うの？
じゃあ、いつもの箱のふつうの石鹼をもらうわ。

ジョージは不用品セールで壊れた時計を買った。売り主は十八世紀の修理マニュアルの復刻版をただでくれた。ジョージは古い時計の中身をいじくり始めていた。彼は機械屋なので、歯車比のことも、ピストンや小歯車《ピニオン》のことも、物理学も材料強度のことも心得ていた。ホース・カントリーとして有名なノースショアのニューイングランド人である彼は、世襲財産というものが毛織物工場やスレート採石場、受信用紙テープやキツネ狩りの夢をみながらどこでまどろんでいるのかを知っていた。銀行家は止まり癖のある家宝が時を刻むようにしておくために金をはずむのだと知った。打方輪列の歯車のすり減った歯を手で取りかえることができた。時計を伏せて置く。ねじを回して外す。炉棚で埃をかぶり、ねじ山がとっくの昔に木くずと同化していて、シーダーやクルミ材の側《ケース》から引き抜けばいいだけかもしれない。時計の裏側を宝箱の蓋を持ち上げるようにして外す。精密作業用のロングアームのスタンドをそばへ、肩のすぐ後ろへ引き寄せる。黒ずんだ真鍮を検分する。埃やオイルでべとべとになった小歯車を眺める。打たれ、撓《たわ》められ、焼かれた金属の青や緑や紫の波紋を見つめる。時計に指をつっこむ。雁木車《エスケープ・ホイール》（どの部品も非の打ちどころのない名づけ方だ——エスケープ——機械仕掛けの末端、動力が漏れ出て解き放たれ、時を刻む部分）をいじくる。鼻をぐっと近づける。タンニンのような金属のにおいがする。機械に刻まれた名前を読む。《Ezra Bloxham — 1794》《Geo.E.Tiggs — 1832》《Thos.

Flatchbart―1912》黒ずんだ機械部分を側《ケース》から外す。それをアンモニアに浸ける。鼻をひりひりさせ、目を潤ませながら機械を引き上げ、ぴかぴかきらめくさまを涙目で眺める。歯にやすりをかける。軸受筒を嵌め込む。ぜんまいを装着する。時計を調整する。自分の名前を加える。

ティンカー、ティンカー。ティン、ティン、ティン。チリンチリン。鍋やバケツがカチャカチャ鳴る。ハワード・クロスビーの耳も鳴っていた。遠くで鳴りはじめたのが近づいてきて、耳のなかにおさまり、そして潜りこんでくる。頭が鐘の舌になったみたいにチリチリいう。つま先に寒気がとりつき、小波のようなチリチリいう音に乗って体じゅうに広がり、歯がカチカチ鳴りはじめ、膝ががくがくし、体がほどけてしまわないよう自分を抱きしめねばならない。これは彼のアウラ、本格的な発作が襲ってくるまえに彼をあっという間に包みこむ強烈な化学作用のような冷気の暈《かさ》なのだ。ハワードには癲癇《てんかん》の持病があった。彼の妻キャスリーン、旧姓キャスリーン・ブラック、ケベックのブラック家に連なるのだが、落ちぶれた末席の分家の出である彼女が、椅子とテーブルを脇へどけて彼を台所の床の真ん中へ導く。夫が舌を噛み切ったり呑みこんだりしないよう噛ませるために、松の棒をナプキンで包む。発作が瞬く間に襲ってくる場合、彼女は棒を裸のままで夫の歯のあいだに押しこみ、彼が我に返ると、口のなかは砕けた木片でいっぱいで樹脂の味がし、頭は古い鍵や錆びたねじくぎがぎっしり詰まったガラス瓶になってしまったように感じられるのだった。

分解した時計を再び組み立てるに際しては、機械仕掛け部分の下地板を柔らかい布の上に、できれば厚手のシャモアクロスを幾重にも折りたたんだ上に置く。各々の歯車とその軸を正しい穴に、まず一番車とその緩い均力車、かのダ・ヴィンチ氏によって人類にもたらされた、溝の刻まれた驚異の円錐状の部品から嵌め込んでいき、もっとも細かい部分、歯車と歯車の噛み合わせへと進み、そして打方輪列のはずみ車と時方輪列の雁木車を正しい場所に取り付ける。さてここで時計製作者は、むきだしになったおとぎの国の機械仕掛けを見つめる。歯車が夢のなかの活気のない機械のように前に後ろに動いている。これでは宇宙の時間を刻むことはできない。かようなねじれた脆弱な装置では、野放図な亡霊の突拍子もない時を刻むのがせいぜいだろう。装置の上地板を手に取り、まず、主ぜんまいばねと打方のぜんまいばねの上向きの軸に嵌め込む。これらは、さまざまな部品のなかで最も大きくて合わせやすいのだ。これを終えると、時計製作者は次に、すぐにばらばらになりそうなサンドイッチ状の内部部品を、あまり力を入れすぎないよう（力を入れすぎて未調整の軸の細いほうの端を損傷しないよう）、そしてまた力が弱すぎないよう（力が弱すぎて完全に組み立てられていない仕掛けがばらばらになってさまざまな部品に戻ってしまい、しかもそれが時計製作者の作業場のあちこちにある埃まみれの薄暗い片隅に潜りこみ、往々にして冒瀆的かつ不敬な罵声をたっぷり生ぜしめる、といったことにならないよう）気をつけながら、仕掛けをざっとまとめるように二枚の板で挟んで、目の高さに持ち上げる。忍耐強い時計製作者が作業を終え、時計が、一番車を親指で動かしても真鍮の論理に従って調子よくブーンとはいかずにキイキイきしむようであれば、この工程を逆にたどり、落ち着いた分別をもって騒がしい小鬼どもが消えうせるまでやり直さねばならない。時方輪列のみの時計の場合、装置の再生は簡単である。より精緻な仕掛け、月のパントマイムや道化師の人形が果物でジャグリングするといった余計な仕掛けのあるようなものには、無限と言っていいほどの技術と根気が要求される（筆者は、ボヘミア東部にあったとかいう、文字盤が鉄と真鍮でできた樫の大木の飾りで囲まれた時計の話を聞いたことがある。その国の季節の移ろいに従って、一枚一枚が毛髪のように細い軸で樫の木の枝とつながった無数の小さな銅の葉が、艶やかな緑色から金属的光沢のある赤へと変化する。それから、側《ケース》――かつて地球を支えていると信じられていた伝説の柱に似せて作られた――のなかの驚嘆すべきからくりによって、葉は枝を離れてそれぞれの糸を伝って舞い落ち、時計文字盤の下部に散らばるのだ。こんな機械が実際に存在したのならば、ニュートン氏その人でさえ、これ以上驚くべき木の下に座ることはできなかったであろう）。

——ケナー・ダヴェンポート師『思慮深い時計製作者』一七八三年より

ジョージ・クロスビーは死の床でさまざまなことを思い出したが、順序は思いどおりにはいかなかった。人が死ぬときにはそうするのだろうと彼がずっと思っていた、自分の人生を見つめ、吟味する営為とは、移ろう塊を、旋回し、渦を巻いて描きなおされるタイルのモザイク模様を目にすることだったのだ。常に、見覚えのある色彩の帯、馴染みのある要素、分子群、ごく私的な流れのなかにあるのだが、また一方で、今や彼の意志とは無関係に、彼が評価を下そうとするたびに異なった自己を提示してくるのだった。

死ぬ一六八時間まえ、彼はウエストコーヴ・メソジスト教会の地階の窓から潜りこみ、ハロウィーンの夜に鐘を鳴らした。彼は地下室で、その行ないの罰として父に鞭で打たれるのを待った。父は大笑いして自分の腿をぴしゃっと叩いた。ジョージがズボンの尻の部分に古い「サタデー・イヴニング・ポスト」紙を詰めこんでいたからだ。彼は黙りこくって夕食の席に座っていた。夜の十一時だというのに父がまだ帰らず、それでも母が皆を冷めてしまった料理の前に座らせているので、母の顔を見るのが怖かった。彼は結婚した。彼は引っ越した。彼はメソジスト派だった。会衆派だった。そして最終的にはユニテリアン派だった。彼は機械の製図をし、機械製図を教え、心臓発作を起こしたが命拾いをし、工業学校の友人たちと開通まえの新しい幹線道路を疾走し、数学を教え、教育学の修士号を取得し、高校で進路指導をし、毎夏ポーカー仲間——医者、警官、音楽教師——と北のほうへフライフィッシングに行き、壊れた時計とその修理法を記した十八世紀の手引書の復刻版を不用品セールで買い、退職し、アジアやヨーロッパやアフリカへ団体旅行に出かけ、三十年間時計を修理し、孫たちを甘やかし、パーキンソン病にかかり、糖尿病になり、癌に侵され、自宅の居間の中央、休日のディナーのために拡張板が二枚ついている食堂テーブルを置いていたまさにその場所に据えられた病院用ベッドに寝かされた。

ジョージは父を思い浮かべることを決して自分に許さなかった。だが時折、時計を修理していて、香箱のなかにうまく入れようとしていた新しいぜんまいばねが軸から外れて飛び出し、手を切って、時には仕掛け全体を台無しにしてしまったりすると、彼の脳裏には床に横たわる父親の姿が浮かぶのだった。足は椅子を蹴り、カーペットを山なりにし、テーブルからはランプが落ち、頭は床板に打ちつけられ、歯は棒かジョージ自身の指を噛みしめる。

ジョージの母親は死ぬまで彼の一家と暮らしていた。時折、たいていは食事時、もしかするとそこがかつての夫に先手を打たれて出し抜かれた場所だという、夫を片づけてしまおうという計画とともに夕食の席に取り残されたというそのせいかもしれないが、母親は彼の父親がいかに勝手気ままな男だったかということを思い出すのだった。朝食の席で、母はオートミールをすくって口に入れると、カチャカチャちゅうちゅう途方もない音をたてて嚙みしめた義歯のあいだからスプーンを引き抜き、こんなふうなことを言う。詩人だとさ、は！　彼の父は鳥頭、ガラクタを集めるカササギ、イカレた鳥で、ああいう発作を起こしてはパタパタはねまわったりして、というわけなのだった。

だがジョージは、母の依怙地な心を許した。母がその苦い嘆きでどんなものを鎮めようとしているのかを思うといつも、彼は涙がこみあげてきて動きを止め、朝刊の見出しから目を上げると、身を乗り出して母の樟脳を塗った額にキスするのだった。そんな仕草に対して母はこう言う。あたしを慰めようとなんかしないで！　あの男はあたしの心の平安に永遠に影を落としてるんだ。ろくでもない阿呆めが！　そしてそんなことによってさえジョージは気分がよくなるのだった。そんな止むことのない繰り言で母の心は和らぎ、あんな暮らしはもう終わったのだということを思い出すのだから。

死の床に横たわりながら、ジョージはもう一度父に会いたいと思った。父の姿を思い浮かべたかった。意識を集中して過去に遡ろうとするたびに、今この時から遠くむこうへと深く掘り下げようとするたびに、痛みが、物音が、シーツを取り換えようと彼を左右に転がす誰かが、癌に侵された腎臓から粘り気を増して黒ずんだ血液のなかへと漏れ出す毒素が、彼を衰弱した体と混乱した意識へと引き戻してしまうのだった。

死ぬまえの春のある午後のこと、病膏肓《こうこう》に入ったジョージは、自分の人生にまつわる思い出や逸話をテープレコーダーに吹き込んでみようと思いたった。妻は買い物に出かけていたので、彼はレコーダーを地下の作業机に持って降りた。仕事場と道具部屋のあいだのドアを開けた。道具部屋には、ボール盤と金属旋盤のあいだに薪ストーブがあった。彼は古新聞をくしゃくしゃにして、部屋の片隅、仕切り壁のドア近くに積んである薪の山から取った三本とともにストーブに入れた。冷え冷えとしたコンクリートの地下室が早く暖まるといいがと思いながら、火をつけて送気管を調節した。彼は仕事場の机に戻った。テープレコーダーにはちゃちなマイクがついていたが、土台のクリップの上にどうもまっすぐ立たない。クリップが軽すぎて、マイクとレコーダーをつなぐコードがねじれては引っ張られるのだ。ジョージはコードをまっすぐにしようとしたが、マイクは立とうとしない。そこで彼はマイクをテープレコーダーの上に置いておくだけにした。機械のレバーは固く、カチッと押し下げて所定の位置に合わすにはちょっと力が要った。それぞれのレバーには謎めいた略語が表示されていて、ジョージはいろいろ試してみてからやっと自分の声を録音するに際しての正しい組み合わせを見つけたという確信を持つことができた。レコーダーに入っていたテープには「懐かしのブルース集、著作権者ペンシルベニア州ジョークリーク、ハル・ブロートン」という文字がタイプされた色あせたピンクのラベルが貼ってあった。ずっと以前のいつかの夏に妻と受講したエルダーホステル・カレッジ（五十五歳以上を対象とする教育プ

《ログラム》）のどれかのコースでそのテープを買ったのだったと、ジョージは思い出した。ジョージがまず「再生」のレバーを押すと、遠くか細い男の声が、地獄の猟犬がつきまとうのだと喉を震わせて歌った。テープを巻き戻すよりもむしろそんな泣き言のほうが自分の語りのよいイントロになるのではないかとジョージは思い、そのまま録音を始めた。組んだ両腕を机の端に置いてマイクのほうへ身を乗り出し、まるで意見聴取の場で質問に答えるようにして。まずは形式に則って。私の名前はジョージ・ワシントン・クロスビー。一九一五年、メイン州ウエストコーヴで生まれた。一九三六年、マサチューセッツ州イーノンへ移った。などなど。こういったデータのあとは、滑稽でちょっと卑猥な逸話しか話すことを思いつかないのがわかった。たいていは釣り旅行でウィスキーを飲みすぎたあとでやらかした馬鹿げた振る舞いに関したことで、入漁許可証なしで魚籠いっぱいの鮭や鱒を抱えて巡視員に出くわしたことや、ある医者が森へ持ちこんだピストルが話の中心であることが多かった。そのピストルが九ミリだっていうんなら、おまえの凍った裸のケツに今すぐこの氷の上でキスしてやるよ。「起きろよ母ちゃん、目を覚ましてるほうが具合がいいぜ」という歌の歌詞。その他いろいろ。だがそんな話をいくつかしたあと、彼は自分の父や母や弟のジョーや妹たちのこと、夜間コースをとって卒業したことや、父親になったことについて話しはじめた。青い雪や幾樽ものリンゴ、あまりにもろくて割ると音が出る凍った木を割ることについて、彼はしゃべった。初めて孫ができるというのはどんな気持ちか、死ぬときに自分は何をあとに残すことになるのか考えるのはどんな気分か、彼は話した。一時間半後にテープが尽きて（自分のしていることをほとんど意識しないまま一度テープをひっくり返したあとで）、「録音」ボタンがガチャンと上がった頃には、彼は手ばなしで泣きながら、この光と希望の世界を失うことを嘆いていた。感極まった彼はカセットを機械から取り出し、また裏返しにして始めに戻し、回転軸とガイドピンからなるキャリッジにぴったり嵌め込み、自分の語りを聴き直すことによってこの純粋で汚れのない悲しみの気持ちを保てるかもしれないと思いながら、「再生」を押した。自分の回想が今度は見知らぬ尊敬すべき人物、これまで知らなかったのにたちまちその価値を認めて心底好きになる人物のもののように聞こえるかもしれない、と彼は考えていた。ところが、聞こえてきたのは鼻詰まりのような声で、そのうえあまり教養もなさそうで、まるで、聖なる事柄について証言するよう呼び出された無骨な田舎者さながら、それももしかするとからかわれてのことで、証言させるのではなくそうやってへどもどしゃべらせるためになにやら恐ろしい天の評議会の前に連れてこられたかのように思えた。彼は六秒聴いていただけでテープを取り出すと、薪ストーブで燃え盛る炎のなかに投げこんだ。

泥道の隆起した部分にはスゲや野草が丈高く伸びていて、ハワードの荷馬車の横腹をこすった。轍に沿った茂みの果実はクマの手で荒らされていた。

ハワードは、クルミ材まがいに着色して人工皮革の紐で留めるようになっている松材の陳列ケースを持っていた。なかには、まがいもののベルベットの上に、ちゃちな金メッキのイヤリングと半貴石のペンダントが並んでいた。彼はこのケースを、亭主が木を伐りに行ったり裏の畑の刈り取りに行ったりしているあいだに、やつれた田舎の女房たちに開けてみせるのだった。毎年同じ半ダースの品々を、巡回の最後のときに見せる。季節の到来だと彼が思ったときに——保存食作りが終わり、薪は高く積まれ、北風が強く冷たくなり、毎日夜が早くなり、北から闇と氷が原木作りの小屋に、闇と氷の重みで撓《たわ》み、ときには折れて就寝中の一家を埋めてしまうこともある荒削りの垂木に押し寄せる。闇と氷が、ときには木立のあいだの空のあの赤みが。傷心の冷たい太陽だ。彼は念じる。ペンダントをお買いなさい、服の襞に垂れるそれを手にしのばせて炎の微光をゆらゆら反射させてごらんなさい。夜更けに、屋根が崩れてくるのを待ちながら。あるいは自分の気力が参ってしまうのを待ちながら、そして、真夜中にご亭主の長靴を履いて凍った湖に立っても氷がうんと厚くなって斧で割れなくなるのを待ちながら。刃で氷に切り込む乾いた音は、凍った星が巡る下では、防音の天蓋の下では、あまりに小さくて、氷のむこうの小屋で寝ているご亭主が目を覚ますことは決してない。物音を聞きつけて、上下がつながった下着だけで半ば凍えながら、氷に穴を開けて青い静脈のような水中へ、泥の沈んだ真っ暗な湖の底へ潜り込もうとしているあんたを助けに駆けつけてくることはない。湖の底では何も見えず、ウールの服を着て大きな長靴を履いて飛び込んでくるあんたに怠惰な冬の夢のなかで太古の海を見ていたのを邪魔された、暗がりで半ばまどろんでいた魚の動きしか感じられないだろう。もしかしたら、ひんやりしたタールのように思える服に締めつけられて、それすら感じないかもしれない。速度が弱まり、落ち着いて、冷静になって、目を開けて銀色の律動を、鱗の重なりを探し、そしてまた目を閉じると、自分の瞼がつるつるした魚の肌に変じたように、その奥の血が急に冷たくなったように感じられ、しまいに休息を欲することはなくなり、そんなことは望まなくなってしまって、しまいに、両目のあいだを流れるこの突然の、新しい、単純な響きしか求めなくなってしまう。氷はあまりに厚くなりすぎて割ることなどできない。あんたは決してそんなことはしない。そんなことはできないだろう。だから、金をお買いなさい。あんたの肌でそれを温め、火のそばに座って、見るものといえば木片のようなご亭主が歯茎でもがもがやっているところか自分の荒れた手のひび割れしかないときに、膝にそれを滑らせてごらんなさい。

宝飾品を買う女などひとりもいなかった。ペンダントを中敷きから持ち上げて指ではさんでこすったりすることはあるかもしれない。彼が、どうです、きれいでしょう、と言うと、ほんとにねえ、などと答える。女の顔がほんの一瞬こわばるのを、半ば忘れられていた私的な望みを、遠い結婚の幕開けの頃の夢をアクセサリーが呼び覚ますのを目にすることもあった。あるいは女の呼吸が、長いあいだ釘に掛けられていたか鎖につながれていたものが解き放たれたかのように、ほんの一瞬だが乱れるのを。女は彼の差し出したアクセサリーを返す。いえ、いえ、やめといたほうがよさそうだわ、ハワード。ケースは引出しに戻され、彼は庭先で荷馬車の向きを変えると、また森から出ていく。背後では、冬がすでに田舎の人々を封じ込めている。

ハワードが扱う品物の地元の代理業者はカレンという男だった。カレンはやり手だった。月に一度、彼はサンダーの店の奥の部屋のテーブルに座って、配下のセールスマンから手数料を巻き上げる。彼はその一か月分のハワードの領収書をテーブルに並べ、身を乗り出して、いつも唇にだらしなくくわえている煙草の煙を透かして眺めた。彼がこうすると、ハワードにはいつも、代理業者がポーカーの勝負か手品をやるためにトランプを配っているように見える気がした。カレンは領収書を細目で見る。洗剤がたったの五箱。値引きするには六箱でないとだめだ。綿のモップの替え糸十個。よし、だが俺のほうの原価が上がってるぞ。今じゃ一ダース売らないと。お前の取り分は前より五セント少ないんだ。あの新しい石鹸はどうだ？　あの森の奥のババアどもを宗旨替えさせるのが大変だなんて、俺の知ったことか。お前はセールスマンなんだ。あそこでいったい何やってるんだ？　ヒナギクの匂いでも嗅いでんのか？　まったくなあクロスビー、あの氷冷式冷蔵庫や洗濯機はどうするつもりなんだ？　パンフレットは何部くらい配った？　連中が分割払い方式を理解できなくたって、それがどうだってんだ――分割払いは先のことだ。こりゃあセールスの聖杯だぞ！　カレンは領収書をかき集めると、自分のケースに押しこむ。ポケットに手を入れた彼は、丸めた札束を取り出す。そしてその筒から十ドルを一枚と一ドルを七枚はがした。もう一方のポケットを探ると、小銭を一握りテーブルの上に放り投げ（さいころみたいだ、とハワードは思った）、その山から五十七セント分のコインを人差し指ではじき出し、残りをまたポケットへ戻したが、あまりに素早かったので、それもまた彼の手品のひとつのように思えた。ここに署名してくれ。なあクロスビー、お前はどうやって俺の十二人のうちのひとりになるつもりなんだ？　代理業者と会うたびに、この部分をハワードは恐れていた――カレンがブルース・バートンを引用するときだ。史上最高のビジネスマンは誰だ、クロスビー？　最高のセールスマンは？　広告屋は？　誰だ？　ハワードはカレンの安物のネクタイの結び目を見つめ、笑顔を浮かべて、気分を害したふうはみせまいとしつつ質問にも答えまいとする。言えよ、クロスビー。あの本を読んでないのか？　あの本は実際のところ原価でわけてやったんだぞ！　ハワードはため息をついて答える。イエスです。そのとおり、と代理業者は言う。椅子から半分腰を浮かし、テーブルをどんと拳で叩き、壁に高々とかけてある新しい雪上歩行具のむこうの天の方角を指さしながら。イエスだ！「イエスは近代ビジネスの創始者である」と彼は引用する。「彼はエルサレムにおけるもっとも人気のある晩餐会の客だった。彼はビジネスの最下層から十二人の男を拾いあげ、世界を制圧する組織に仕立てあげたのだ！」お前はどうやって俺の十二人のひとりになるつもりなんだ、クロスビー、売り込みもできないで、「売り込みに燃える」こともなしに、なあ？

死ぬ一三二時間まえ、宇宙が崩壊する大騒動からジョージが目を覚ますと、夜の闇と静寂に包まれていて、悪夢の喧騒が引いていった彼にはそれがのみこめなかった。部屋を照らしているのはソファの傍らのサイドテーブルのひとつに置いてある小さな白目製のスタンドだけだ。ソファは病院用ベッドと平行に置かれていた。ソファのむこう端には、テーブルの明かりのほうへ身を寄せて、孫息子のひとりが座って本を読んでいた。

チャーリー、とジョージは声をかけた。

じいちゃん、とチャーリーは返事し、ペーパーバックを膝に置いた。

なんでこんなにやたら静かなんだ？　とジョージはたずねた。

時間が遅いからね、とチャーリーは答えた。

そうなのか？　それにしてもえらく静かな気がするが、とジョージは言った。ジョージは頭を左に、ついで右に動かした。左にはクイーン・アン様式の肘掛け椅子と暖炉があるが、彼がパイプをくゆらすのをやめて以来、ここ三十年というもの火を熾《おこ》したことはなかった。地下室の、作業机に置いていたパイプツリーのことを彼は思い出した。最初、彼は自分がパイプに夢中になる気持ちは時計に対するものと同じなのではないかと思っていた。彼はニューベリーポートの蚤の市でパイプを掛けておくパイプツリーを買ったのだ。どうしてこんなことが頭に浮かんでくるんだろう？　と彼はベッドのなかで考えた。ほとんど物音のようにして知覚した静寂の質を解析しようと思ったのに、その源を見つけたかったのに、かわりにニューベリーポートの蚤の市だの、パイプツリーがあったガラクタの並んだ台だの、その台で商売していたいかさまジジイの風貌（元船員か商船隊員といった感じで、アイリッシュセーターを着てギリシアのフィッシングキャップをかぶっていた）だのしゃべり方（ケープ・ブレトン経由バンゴア経由の塩漬けヤンキー）だの、台に並んでいたほとんどあらゆるもの（錆びたこて、目のない人形、煙草の空き缶、ぼろぼろになった楽譜の束、キャンディ温度計、クリストファー・コロンブスの像）だの、それにツリーを手に入れようとしてその男とどんな具合に交渉したか（そのパイプツリー、十セントくらいにしてもらえないかな？　五ドルとは！　ここにあんたみたいな泥棒がいるとはな。二ドル？　ふん、ならもうしばらくそいつを握りこんどくんだな。一ドル二十五セント？　買った）ということだのが、こうして浮かんできたのだ。彼はあちこちの収集家からパイプを一ダース買った。それをツリーに掛けて、さまざまな高級煙草の味がわかるようになろう、パイプはそれぞれ一種類の煙草だけに使うようにしようと考えた。一週間もたたないうちに、地元の煙草屋のいちばん安いハウスブレンドを、ある取引の一部として箱いっぱいの時計の部品と交換したパイプで吸ってみたのだが、折々にふかす味わいはひどいもので、木ではなくプラスチックでできているのではないかと思えた。彼は時計の修理をしながら安物の刻み煙草を火皿に何杯も吸った。夕食を済ませたあと、一日の終わりに暖炉のそばのクイーン・アン様式の肘掛け椅子（彼がガレージセールで安く買ったもの、脚が二本折れていたからだ）に座って、その日最後の一服を味わう。下唇に前癌性の水疱ができると、彼はパイプやツリーや煙草の缶をそっくり捨ててしまい、ガレージから枯葉を掃き出さなければならないときに時折葉巻を半分吸うだけで我慢した。パイプを嗜むのをやめてからクイーン・アン様式の椅子には座っていなかったのだが、椅子の背もたれの布地には彼の輪郭の影のようなものが残っていた。しみというよりは単にちょっと生地が黒ずんでシルエットとなっているだけで、適切な角度から適切な光が当たったときだけ見えるのだが、もし彼が病床から起き上がってあの椅子に座ることができたなら、今でも彼の姿とぴったり重なったことだろう。

彼は重ねた枕に支えられて頭を起こしていた。目の前のベッドの足元には、床に敷かれたペルシャ絨毯の一部が細長く見えていた。絨毯のむこう、反対側の壁際には、食堂テーブルがあり、拡張板は外して翼は下げてあった。ほとんど壁の幅と同じ長さだ。テーブルの両端には座面が籐でできた、梯子型の背もたれがついた椅子が置いてある。テーブル（そこにはいつも木でできた果物を盛った鉢かシルクフラワーを飾ったクリスタルガラスの花瓶が置いてある）の上方には静物を描いた油絵が掛かっていた。薄暗い陰気な光景で、たぶん画面には見えていない一本のろうそくで照らされているだけなのだろうが、テーブルの上の銀色の魚と黒っぽいパンの塊が載ったカッティングボード、丸くて赤いチーズ、両方とも断面を見せるように置かれた半分に切ったオレンジ、緑のガラスでできた、螺旋形の幅の広い脚付きで、たっぷりしたカップの基部のぐるりにガラスのボタンのように見えるものがついたゴブレットが描かれている。カップは大部分が割れていて、微かに光るガラスの破片が台座の周囲に散らばっていた。カッティングボードの上には白目の柄のナイフが、魚とパンの手前に置いてある。黒い棒のようなものもあって、先端が白く、ナイフと平行に置かれていた。その棒がじつのところ何なのか、誰にも見当がつかなかった。以前、孫のひとりが、魔術師が持っている棒みたいに見えると言ったことがあるが、事実その物体は、子供の誕生パーティーで例のしろうと手品師たちが、ウサギを出してみせたり、水差し何杯分もの水をシルクハットのなかへ注いでみせたりするときに使う類の棒に似ていた。だが、絵はそれを除けば、ごく最近描かれたにしろ、遠い昔に描かれたにしろ、オランダないしはフランドル絵画の影響を受けているか、あるいはその地方で描かれたものので、あの棒は洒落でもなければ気の利いたジョークでもないのは確かだった。そういうわけで棒は家庭内のささやかな謎のままとなり、一家の者たちは、誰かがコートを着るのを待ったり冬の午後にソファで空想にふけったりするような折々にふと頭をひねるだけで、誰も調べてみようとはしなかった。

彼の右手には、食堂テーブルの右端とその横の椅子のむこうに小さな通路があって、そこには居間の出入口と、右側には玄関があり、むこう側に洋服用クローゼットの扉、そして未完成の屋根裏部屋（五十年まえにジョージがこの家を建てたとき、ゆくゆくはそこを大きなワンルームの一家団欒用の部屋にするつもりで、配管や電気の配線もしてあった）へ続くドアが左側にある。その右手には蛇腹式蓋付き机があって、ジョージはそこに請求書や領収書や未使用の元帳をしまっていた。その上にも油絵が一枚掛けてあって、こちらは嵐をついてグロスターから出港する小型のスクーナー船の絵だった。暗い緑や青や灰色が船の輪郭の周囲いっぱいに渦を巻く光景で、船は背後から描かれていた。波のごく先端部分の内側は、光源のわからない光によって内部から照らされていた。スクーナー船のマストや索具の直線のライン（嵐なので、船は帆を張っていない）を夕方や雨の日の薄明かりのなかでじっと長いあいだ見つめていると、視野の隅で海が動き始める。そちらをまっすぐ見たとたん動きは止まり、船に視線を戻さないかぎり、またくねくねと蠢《うごめ》きだすことはないのだった。

ジョージのすぐ右手には青いソファと付属のサイドテーブルがあり、そこに孫息子が座って、今は本を膝に置いて彼を見ていた。ソファの背後には大きな出窓があり、前庭の芝生とそのむこうの通りを見晴らせるのだが、彼が死を迎えるために帰宅して以来妻が昼夜を問わず閉めっぱなしにしているずっしりしたカーテンによって遮られていた。カーテンは劇場の緞帳のように厚手で重かった。クリーム色で、ほとんど黒といえるほど暗い海老茶色の幅広の柱が縦に並んでいる。柱には葉を茂らせた巻きひげが上下いっぱいに絡みついて飾りとなっていた。幔幕の綾のあいだにはくちばしにリボンの切れ端や草をくわえた小鳥と大理石の壺が交互に描かれている。カーテンを見ていると、孫息子が幕の降りた小さな舞台の前に座っているようにジョージには思え、そして今にも立ち上がって脇へ退き、片腕を差しのべて紹介し、人形劇でも見せてくれるのではないかという気がした。

孫息子はそんなことはせずに、またも、じいちゃん、大丈夫？　と言った。

おそろしく静かだな。

それ以上頭をめぐらすことができないので、背後の、部屋のほかの部分は想像するしかなかった。そこにあるのはコンソール型テレビ、赤いベルベットの二人掛けソファ、楕円形の紫檀の枠に納められた、妻が十七歳のときに撮った彩色写真、それに大型の振り子時計があった。

あれだ、と彼は気がついた。あの時計が止まっていたのだ。部屋の時計すべてが、ぜんまいばねが緩んで止まっていた——炉棚の上の太鼓《タンブール》型時計や持ち手付き置時計、壁のバンジョー型時計に鏡付き時計にウィーン風標準時計、蛇腹式蓋付き机の上に並ぶチェルシー船鐘時計、サイドテーブルの上の繰型時計《オジー・クロック》、そして一八〇一年にノッティンガムで作られた外装がクルミ材で七フィート丈の振り子時計、文字盤の窓は丸くて、一対のコマツグミが花模様の小旗をローマ数字の周りに数珠つなぎにしている。あの時計の外装の内側を、暗く乾いてがらんとしていて、動かない振り子がだらんと垂れ下がっているさまを思い描いた彼は、自分の胸の内側を意識してしまい、それもまた止まってしまったのではないかという突然の不安に襲われた。

孫たちは幼い頃、あの時計のなかに隠れられるかとたずねたものだった。今、彼は孫たちを集め、自分自身の体を開いて肋骨と力なく鼓動する心臓のあいだに隠してやりたかった。

自分の心を乱した静寂は時計がぜんぶねじの緩むままに放置されていたせいだと悟った彼は、自分はこのまま身を横たえているベッドで死んでゆくのだと思った。

時計がぜんぶ止まってる、と彼はしゃがれ声で孫に言った。

じいちゃんがいらいらするだろうって、ばあちゃんが言ったんだ。

(じつのところ彼の妻は、チャイムはもちろんのことあのカチカチいう音に、自分がいらいらさせられると言ったのだった。それに、あんなにいろんな音がするなかで寝ずの番をするのは我慢できない、と。本当のところは、彼の妻は時計のカチカチいう音やチャイムの音に心を和まされていて、夫が彼女のために地下室やノースショア周辺の半ダースの貸金庫に隠しておいてくれた金で退職者用コミュニティーに買った分譲アパートで、夫の死後何年ものあいだ、夫のコレクションのなかから最上のものを十数個、居間のあちこちに置いて動かしておいて、何か月も手をかけて微調整し、今にも亡き夫を呼び出してしまいそうなほど、その部屋に亡き夫を出現させんばかりに、ぴったりそろって和音を打ち鳴らすと思えるような具合にしていた。夫はいつも視野のちょっと外側のチクタクのなかにいるような気がして、深夜、天蓋付きのベッドにひとり横たわり、すべての時計が同時に十二時を打つと、夫の気難しい亡霊が間違いなく居間をゆらゆら漂いながら、遠近両用眼鏡越しにそれぞれの時計を見つめて、どれもみな規則正しく時を刻んでいるか、ちゃんと調整されていて正確であるか確かめているのが、彼女にはわかるのだった。）

　いらいらしたりするもんか、と彼は言った。立って、ねじを巻いてくれ。すると彼が名前を思い出せない若者は、時計から時計へと動いて、それぞれねじを巻いた。

だけど、打方輪列のあるやつはだめだよ、と若者は言った。やかましすぎるからね。あれがぜんぶ時を打ったら大変な騒ぎになる。ばあちゃんに殺されちゃうよ。

　わかった、わかった、とジョージは言い、ぜんまいばねの巻き上げ部が巻かれ、時計のコーラスの音が高まるのを耳にすると、血液の流れや胸の呼吸が楽になるように思えた。彼には時計が、カチカチ時を刻むのではなく呼吸しているように、そして教会の夕食会や地元の図書館で開かれるスライド上映会に集う人々のように、いっしょにいるというだけで互いに癒しを与えあっているように思えた。

巡回中、鍋の修理をしたり石鹸を売ったりするほかにハワードが折に触れてしたことのなかには、つぎのようなものがある。臨時収入を得るためのこともあったが、たいていはそうではなかった。狂犬病にかかった犬を撃ち殺す、赤ん坊を取り上げる、火を消す、腐った歯を引っこ抜く、男の髪を切る、僻地に住むポッツという名前の密造屋のために五ガロンの自家製ウィスキーを売りさばく、溺れた子を川から引き揚げる。

溺れた子というのは、ラ・ローズという名前の後家の娘だった。川べりで遊んでいて濡れた石の上で滑って頭を割り、意識を失ってうつぶせで水に落ちたのだ。流れが彼女をさらに水中に引き込み、数百フィート運んでから川の中ほどにある砂州に打ち上げた。ハワードは靴を脱いでズボンをまくり上げると、水のなかを子供のほうへと歩いていった。抱き上げようとまずかがみ込んだときには、迷い出た子羊を腰に担ぎ上げようとするような調子だったのだが、小さな体の下に両腕を差しこんでその冷たさを感じとり、髪が流れになびいているのを目にし、背後の川岸に立っている子供の母親のことを考えた彼は、女の子を仰向けにして抱き上げ、親戚を訪問して戻ってきたあとで眠っている子を荷馬車の後ろから薪ストーブのそばの板敷ベッドに連れていくようにして運んだのだった。

彼が髪を切ってやった男はメリッシュといった。十九歳で、一時間半後に結婚することになっていた。母親は亡くなっていた。兄や姉たちは皆、彼よりもずっと年上で、すでに結婚してカナダやニューハンプシャーやウーンソケットの南へ去ってしまっていた。父親は一家の十五エーカーのジャガイモ畑を耕していたが、少年の髪を切るどころか頭皮を剝いでしまいたいところだったろう、息子が結婚するということは助けとなる最後の手が農場を見捨てるということなのだから。ハワードは鋏と中くらいの大きさのブリキの鍋を自分の荷馬車から取り出した。彼は鍋を少年の頭にあてがうと、その周囲を丸く切った。切り終えると、手鏡の包装紙をはがして少年に渡した。少年は左を向いて、それから右を向き、鏡をハワードに返した。すごく洒落てますね、クロスビーさん、と少年は言った。

彼が歯を抜いてやった男はギルバートという名前だった。ギルバートは森の奥深く、ペノブスコット川沿いで暮らす隠者だった。森そのもののほかには住処がないように見えたのだが、その森でシカやクマやヘラジカを狩る幾人かの男たちは、どこかの忘れられた罠猟師の小屋に住んでいるのかもしれないと推測していた。樹上小屋みたいなものか、あるいは少なくとも差し掛け小屋に住んでいるのだろうと考える者もいた。彼が森で暮らしていることが世間に知られていた年月を通して、冬場のどの狩猟隊も焚火の灰や足跡さえ見かけたことがなかった。人間がどうやってたったひとり、森のなかで遮るものもないままひと冬死なずにいられるものか、誰にも想像がつかなかった。ましてや、何十年も。ハワードとしては、隠者の生活ぶりを炉床の火や罠猟師の小屋などというもので説明しようとするのではなく、老人が住んでいるのではないかと実際のところ思える空き地のことを考えるほうが好ましかった。森の襞のようなもの、隠者だけがそれと見分けて潜り込むことができる閉じ目のようなものがあって、そこで凍てついた森そのものに受け入れられて、もはや火も毛布も必要なく、雪に包まれ霜をまとい、手足は冷たい木のように、血は冷えきった樹液のようになりながらも元気に暮らすのだと想像するほうが楽しかった。

ギルバートはボードン大学（メイン州ブランズウィックにある私立大学）を卒業していた。噂によると、彼はナサニエル・ホーソーンと同級生だったと好んで自慢するらしかった。その噂が本当だとしたら彼は百二十歳くらいでないとならないわけだが、誰もその主張に反駁しようとはしなかった。獣の皮をまとい、ぶつぶつ連禱を呟き（ラテン語でないことも多い）、そして、暖かい季節にはちんまりとはしているが貪欲なハエの群れをいつも頭の周りにブンブンまつわりつかせ、ハエが鼻を這いまわったり目尻の涙を啜ったりしている、そんな地元の隠者が、かつてはこざっぱりした顔にきちんとアイロンのかかった服を着て、『緋文字』の作者の知己だったのだという話は、払いのけてしまうにはあまりに愉快だったのだ。ギルバートというのはどうやら本名ではなさそうだったし、いつの生まれか本当に知っている者は誰もいなかったので、その話に異が唱えられることはなかったのだった。

皆、隠者ギルバートについてあれこれ思いを巡らし、彼の話をするのが好きだった。とりわけ、外では大吹雪が唸りをあげる冬の夜、薪ストーブを囲んで座っているようなときには。外で嵐が渦巻くなかにあの隠者がいると思うと、わくわくするような興奮を覚えるのだった。

ハワードはギルバートに物資を供給していた。ギルバートは人間の世界のものをほとんど必要とはしていなかったが、それでも針と糸、麻糸、それに煙草は欲しがった。年に一度、池の氷がなくなった最初の日、五月になることもあったが、ハワードは荷馬車に乗ってキャンプ・コンフォート・クラブの狩猟小屋へ行った。ここ自体、人里離れているのだが、そこから、ギルバートが欲しがるのがわかっている生活必需品を背負って、川をたどる昔のインディアンの小道を行く。途中のどこかでハワードはギルバートと出会うのだった。二人の男は互いに頷いて挨拶を交わす。苦労して茂みを潜り抜けて川べりまで下りる。ハワードは荷物を背負い、ギルバートはハエを引き連れ、鹿革の袋を持って。そこで二人はそれぞれ岩か乾いた草の茂みを見つけて腰を下ろす。ハワードはギルバートのために持ってきた物資の包みのなかから煙草の缶を取り出して、隠者に手渡す。ギルバートは缶を開けて鼻に持っていき、ゆっくりと息を吸いこんで、じっとりしていそうなほど豊かで甘い新しい煙草の香りを楽しむ。毎年ハワードと会う頃には、受け取ったものの最後の一つまみを残すだけになっていた。新しい煙草の香りはギルバートにとって自分が確かにまた一年生きた、森でまたひと冬を耐え忍んだのだということの確認みたいなものなのではないかとハワードは想像していた。煙草を嗅いで、ちょっとの間川を眺めると、ギルバートはハワードに手を差し出す。ハワードは上着のポケットからパイプを取り出すと、それを隠者に渡す。この折以外ハワードは煙草は喫まず、年に一度のこの火皿一杯分のためだけにパイプを持っていた。ギルバートはハワードのパイプを詰めてから自分のを詰め（美しいパイプだった——暗赤色の木の瘤《こぶ》を彫って作ったもので、ずっと昔には司祭の机の真鍮のパイプスタンドに置かれていたのではないかとハワードは思っていた）、二人の男は黙っていっしょにパイプをくゆらし、川が勢いよく流れるのを見守るのだった。煙草を喫んでいるあいだ、ギルバートのハエの群れは一時的に消散したが、見たところ恨んでも腹を立ててもいないようだった。パイプを吸い終わると、男たちはそれぞれ自分の座っている岩に灰を落とし、パイプを片づける。ハエが隠者の頭を廻る軌道に戻り（*Circum caput*（頭のまわり）と隠者は呟く）、彼は鹿革の袋を開けて雑なつくりの木の彫り物を二つ取り出す。ひとつはヘラジカらしく、もうひとつはビーバーか、もしかしたらウッドチャック、あるいはなんとグラウンドホッグかもしれない。ひどい出来栄えで、ハワードが確かに言えるのは、二人のあいだの冬枯れの草の上に隠者が置いた小さな原木の塊はなんらかの種類の動物らしい、ということだけだった。つぎにギルバートは、見事に剝いである頭つきのキツネの皮を彫り物の隣に置いたが、それは腐りかけの肉のようなにおいがした。ハエの群れは一瞬、隠者と毛皮とどちらがより臭いか決めかねて混乱状態に陥った。結局ハエどもは、より刺激臭を発する生きた宿主のほうに忠誠を示した。ハワードは生活必需品の包みを草の上に置き、男たちはそれぞれ自分のものを集める。この春の儀式では最初の数年、男たちはほとんど言葉を交わさず、口にされたのはギルバートの生活必需品の注文内容をよりよいものにする言葉だけだった。ある年、彼は言った。針をもっと。べつの年にはこう言った。お茶はもういらない——今度はコーヒーを。注文リストが練り上げられ、最終的に確立すると、二人はもはやまったくしゃべらなくなった。この七年間、男たちのどちらも相手に一言たりとも言葉をかけたことはなかった。

ところが、去年ハワードが森でギルバートと会ったとき、二人は話をした。隠者と出会ったハワードは、相手の左頬が熟れたリンゴのように腫れてぴかぴか光っていることに気づいた。ギルバートは足を引きずり、じっとうつむいて片手で頬を抑えていた。ハエどもでさえ宿主を気遣って彼の周囲をおそるおそる飛び交っているように見えた。ハワードは首を傾げて無言の問いを発した。

ギルバートは小声で答えた。歯。

この古びた抜け殻のような男に、この酸っぱいにおいのする髪と襤褸《ぼろ》の束にすぎないように思える隠者の頭部に、痛むような歯が残っていたとは、ハワードには想像もつかないことだった。だがしかし、それは本当だった。近寄ってきたギルバートは口を開け、よく見ようと目を細めたハワードは、あの湿っぽい荒廃した紫色の空洞のなかの、あとは何もない歯茎の土手のずっと奥のほうに、黒い歯が一本、腫れあがった真っ赤な歯肉の玉座から突き出しているのを認めた。微風が隠者の呼気を捉え、うっと息を止めたハワードの脳裏に屠畜場やポーチの下の死んだペットが浮かんだ。

歯、と隠者は繰り返し、口のなかを指さした。

ああ、そうだな、ひどいなあ、とハワードは言い、同情の笑みを浮かべた。

隠者は、いや！　歯！　と言って、指さし続けた。この痛みに悩む哀れな男は歯を抜いてもらいたがっているのだと、ハワードは悟った。

おい、だめだ、だめだ！　と彼は言った。そもそもやり方が――

ギルバートが遮った。いや！　歯！　彼はさっきより一オクターヴ高い金切り声で言った。

だけど俺は何も――またも隠者が彼を遮り、荷馬車を停めてある三マイル離れたキャンプ・コンフォート・クラブの小屋のほうへと彼を追い戻した。

二時間半後、ハワードは山腹にあるポッツの蒸留酒製造所製のコーンウィスキーを入れた小さな懐中瓶と、漏れ孔のある鍋に小さなブリキ片をはんだ継ぎせねばならないときに使う取っ手の長いやっとこを持って戻ってきた。最初、ギルバートは酒は一切拒否したが、ハワードがやっとこで歯をひっつかむと、老人は気絶した。隠者は意識を取り戻し、ハワードはひとすくいの冷たい川の水をギルバートの顔にぶっかけた。隠者は意識を取り戻し、ハワードはウィスキーを寄越せと合図し、一息に飲み干すと、とてつもなく痛む歯にアルコールが沁みたおかげでまた気を失った。またも水をかけられてギルバートは蘇生し、二人の男はしばしのあいだ腰を下ろして、川の対岸のモミの木立の上で二羽のスズメがカラスを追いかけるのを眺めた。

川は初めごろの急激な雪解けで水かさが増し、水音が大きかった。水音には人間の声が混じっているかのように、急流のなかに住んでいる一族がいるかのように思えた。ギルバートが体を傾げて、春まだ浅く、白き山より、雪解け水、流れ下り（『農耕詩』より）とウェルギリウスをラテン語で吟じはじめると、ハワードはやっとこを隠者の口に突っ込んで悪臭を放つ歯をつかみ、ありったけの力で引っぱった。歯は屈服しなかった。ハワードは歯を放した。ギルバートは一瞬きょとんとした顔になり、それからまたも気を失って仰向けに倒れ、背筋を伸ばした姿勢から崩れてぺしゃっとなった位置へと、ハエどももきちんとあとを追った。最初、てっきり自分の顧客は死んだものとハワードは思ったのだが、ハエのたかった隠者の鼻から発する湿っぽい呼吸音は、彼がまだどちらかといえば生者に含まれることを示していた。

老人の口はぽっかり開いていた。ハワードは彼の肩にまたがると、やっとこで歯をひっつかんだ。ついに歯を引き抜くことに成功したときには、ギルバートの顔もひげも血だらけになっていた。またも川の水をかけられて患者は蘇生した。目の前にハワードが、片手には血まみれのやっとこを、もう片方の手には根の部分が異様に長い歯を持って立っているのを見るや、ギルバートは失神した。

二週間後、犬のバディの吠え声でハワードは目を覚ました。庭にクマか迷子のウシでも来ているのか見てみようと、彼はベッドから起き上がって勝手口へ行った。戸口の段には、脂じみて悪臭を放つ革にくるまれ自分が売っている種類のものだとハワードにはわかる麻紐でくくられた包みが置かれていた。月の光のなかに立って、ハワードは麻紐を解き、革を広げた。革の下には赤いベルベットの層があった。そのベルベットを開いてみると、出版されたばかりのように新しく見える、頁も切っていない『緋文字』が現われた。ハワードは本を開いた。本扉にはつぎのような献辞が記されていた。「田舎者《ヒック》ギルバートへ。人生の旅で青春をともにした若輩同士の共通の思い出に。常に君の誠実にして兄弟同様の友、ナスル・ホーソーン。一八五二年」

　翌年、氷がなくなると、ハワードは荷馬車の引出しからパイプを取り出してズボンの腿のところにこすりつけ、火皿をぷっと吹いてから上着のポケットに入れた。ギルバートの生活必需品の包みをこしらえると、インディアンの小道を歩いていった。隠者の気配はなかった。ハワードは一週間、毎日あたりを歩き続けたが、ギルバートはまったく姿を見せなかった。七日目に、ハワードは小道をそれると、川のほとりに座って隠者のために荷造りしてきた煙草を一服喫んだ。パイプをくゆらしながら、急流の声に耳を傾けた。彼らは森の奥深くのとある場所のことを呟いていた。そこでは苔の寝床の上にひと揃いの骨が横たわり、その上では前の秋、悲しみに沈んだ蠅の群れが寝ずの番をしていたのだが、それも霜が降りるまでで、彼らもまた死んでしまったのだった。

これはノートだよ。僕が箱のなかで見つけたノート。箱は屋根裏で見つけた。あの箱は屋根裏の、屋根がいちばん低くなった下にあったんだ。屋根裏は暑くて静かだった。空気が埃くさくてね。古い絵や本に埃がついてるんだ。僕が見つけたノートの埃が宙に舞っていた。ノートを目にするまえに、それを吸い込んだってわけ。読むまえにノートを味わったんだ。ノートには赤い大理石模様の表紙がついてるよ。ページは大判。ページは湯がいて皮を剝いたアーモンドみたいな色の厚い紙でできてる。なかにはびっしり書き込んである。青いインクで書いてあるよ。インクは濃くて、ところどころカンバスに絵の具が盛り上がるように盛り上がってる。紙がインクを吸い込まなかったんだ。ノートを閉じたりページをめくったりするまえに、インクを乾かさなきゃならなかっただろうね。インクの青はすごく濃くて、黒に見える。文字のひげ飾りが薄れたところとかペンに込める手の力が弱まったところだけ、青く見える。この手書きの文字はじいちゃんのみたいだよ。じいちゃんがこのノートに書き込んだように見えるけど。これは何かの辞書か事典だな。ノートにはびっしりといろんな出来事の報告が書いてある、北から差す弱く冷たい光のことがびっしりと、短い夏のちょっとした作業のことがね。どんなものかひとつ読んであげるよ。どこか苦しくない？　もうちょっとベッドを下げようか？　水はいる？　いや、ほかの皆は寝ているよ。ひとつ読もうか？　これを書いた覚えはないの？　この字はじいちゃんの字にすごくよく似てるけど。僕のにも似てるけどね、fがsを伸ばして真ん中にダッシュをつけたみたいに見えるところなんか。それに筆記体と活字体が混じってるし。最初から始めようか、一番目の書き込みから。いや、僕はチャーリーだよ。サムは母さんのところで、ちょっと寝てる。いや、あいつはもう煙草は吸ってないんじゃないかな、うん。去年の冬に肺炎をやってからはね。そう、確かにそうだよね。何があろうが、僕たちにはいつだって家族がいるんだ。この最初のやつはね、

北の宇宙《コスモス・ボレアリス》——静まりかえった池の表面の明るい空の膜と雲と山。下の水塊には葦と沈泥と鱒がひしめき（昼の膜と夜の膜と氷の蓋で封じられて）、私たちはその鱒を、柔毛か鮮やかな羽の引っ掛かりをつけた絹糸で引っぱり出す。膜のような液体のようなガラスのような膜。私たちの言葉は滑らかな水面（昇った月、回転する星、軽やかに飛ぶコウモリを映し出している）をつうっと滑るので、広い盤面のむこうへ囁くだけでよかった。星のあいだに、粉をふいたように乾いた緑色の鴨が、池の底の泥から昇ってきて水の膜の上でぱくっと口を開ける莢《さや》から、しらじらと輝きながら花が開くように出現した。私たちは星雲のむこうへ囁いた。火星なんぞ誰が要るもんか。

稲妻に満たされるというのはどんな感じがするものなのだろう？　稲妻によって内側か

らぱっくり割れるというのはどんな感じなのだろう？　発作の炸裂に似ているのではないかとハワードは想像したものだった。自分では覚えていないのに、始まるまえは寒気がして終わったあともぞくぞくするものの、発作のあいだは血が沸き立ち、脳が頭骨の鍋のなかで焼かれそうな感覚があった。まるで、太陽系のはずれのどこかを駆け巡る激しい雷雨へむかってひとりでに開く秘密のドアがあるかのようなのだ。彼はそのドアを思い描いた。閉まっていると、この世のさまざまな色彩に覆われてドアは見えない（ドアは外側にある。ドアは動く）。開くと、ドアは厚手のオークの無垢板でできていて、外側へ開く。取っ手は木でできている。金属製だと反対側の電気が取っ手を伝って噴き出すからだ。ドアの反対側には取っ手があるのだろうかとハワードはよく考えた。取っ手があるのかどうか、想像のなかでは見ることはできなかった。ドアは閉まって隠れているか、あるいは大きく開いているかのどちらかで、開いたとき、前面の、光と影、草と水で彩られた側は反対側を向いているからだった。開いた戸口の枠のむこうは果てしない闇だった。宇宙の暗黒が光の回転花火を取り囲んでいる。火花の渦から電流の針が突き出す。この稲妻のほとんどは、一瞬きらめいては消える。だが、そのどれかがドアを通過してハワードに向かってくると、あっという間に突き刺さる。それは彼の内側の何かにしがみつき、握りこみ、握りこむ。発作のあとの寒気がする、呪われた、麻痺したような数時間は、混乱に支配される。ハワードの水ぶくれのできた脳は目の奥でパチパチ音をたてて青い火花を放ち、彼は毛布にくるまって口をぽかんと開けたままぐったりへたりこむ。稲妻を食べたことに当惑しながら。彼に特別な贈り物をしたいと思った善意の誰かにドアの陰からスプーンで電気を食べさせられでもしたような感じだ。いや、誰かでさえない。ドア、あるいは複数のドアかもしれないし、ドアでさえないかもしれず、単にこの世というカーテンと壁画があるだけで、星の湧き出る宇宙は、いつもはそれら——カーテンと壁画——に隠されており、ハワードは、たまたま生まれ合わせにより、宇宙の原料を味わったのだ。他の、もっと大きな、人間ならざるものならば、そんなご馳走で申し分なく元気にやっていくことができるのかもしれない。ハワードは天使のことを考えたのだが、長い金髪の巻き毛にゆったりした白いローブをまとい、金色の光輪を戴くセラフィムという彼のもつイメージは、彼が思い描くもっと恐ろしい、暗くて力強いもの、彼が摂取したならば満腹になるどころかたちどころに細い体の縫い目がはじけてしまうようなものを喜んで貪り食うであろうものにはそぐわなかった。やってくる発作の前兆、チリチリするようなうずきは、稲妻ではなかった——それは稲妻が前へと押し出す加熱された空気だった。実際の発作は稲妻が肉に触れたときの、あまりに微細でほとんど無に等しい、ほぼ実体のない瞬間のことなので、そのまえもなければあともなく、結果Bを導く原因Aというものもなく、ただ単にAが、単にBがあるだけで、あいだにそのときはなく、ハワードは意識のない純粋なエネルギーになるのだった。それは死とは正反対のものか、あるいは死と少しばかり同じだが違う方向からのもののようだった。空《から》にされたり、消されて自分が無となるのではなく、ハワードはあふれるほど満たされ、圧倒されて同じ状態となるのだ。死が人としてのある境界を下回るということならば、彼の発作はそれを一挙に飛び越えるということだった。たぶん、カーテンや壁画や柔らかい色彩の天使は恵みなのだろう、人間の脆弱さに適ったものをおぼろに映し出しているのだろう、とハワードは思った。とはいえ、家庭用聖書の天使を見るたびに、彼は燦然と輝く金色の光輪やまばゆい白のローブを目にしては、惧《おそ》れに身を震わせるのだった。

死ぬ九十六時間まえ、ジョージはひげを剃りたいと言った。彼は潔癖といえるほど身だしなみがよかった。上着とシャツは、最上の布地を使った最新流行の型とまではいかなくとも、常によい仕立てのものだった。彼の顔には頬ひげがまばらに、汚らしく生えた。顎ひげや口ひげは生やそうと思っても生えなかっただろう。おかげで、ひげ剃りは彼にとっていっそう重要となった。一日剃らないでいると、彼の童顔にはまばらな無精ひげがぽつぽつ生え、自分の面倒がみられない病人か大きな子供のような風貌になるのだ。

おいおい、最後にひげを剃ったのはいつだっけ？　ひげを剃ったらどうかな？　彼は部屋にいる家族を見まわした。妻、二人の娘クレアとベッツィ、大人になった孫たちが数人、それに彼の妹のうちひとり残ったマージョリーが、最近こうむったむち打ち症のために首に厚手の輪をはめてあえいでいる。輪は、彼女のパンツスーツと揃いの黄褐色のリネンのファスナー付きカバーでくるまれていた。長年の喘息持ちにもかかわらず、彼女は裏のポーチで女性向けの長い煙草を吸っていた。親指で灰をはじき、腕を組んで、小さな喘鳴《ぜんめい》混じりに青い煙を吐き出す。彼女は煙草の箱を金色の留め金のついた布のケースに入れていた。ケースには噴きあがる水の模様が黄褐色のビーズで刺繍されている。シャクナゲの茂みに煙草を投げこみながら兄の声を聞きつけた彼女は、部屋へ戻ってきた。背後で網戸のドアがガチャンと閉まり、その大きな音はほの暗いしめやかな静寂のなかで不敬に響いた。(その朝ジョージはいつもより気分が悪くて病院へ行ったのだが、彼の予定ではその日は金物店へ行って新しい油圧式ドア用クローザーを買うつもりだった。古いクローザーはもはやなんの抵抗力も示さなかったのだ。)

どうして誰もジョージーのひげを剃ってあげないの？　誰がジョージーのひげを剃ってくれるの？　これじゃひどいわ。ジョージーったら、ぞっとするような顔よ。なんてこと、この人、ひ、ど、い、顔じゃないの。

孫息子のひとりのサミュエルが言った。ほんとだ、マージーおばさん、確かにそうだね。このジイサンを見られるようにしてやらなきゃ。僕がひげを剃るよ。ほらじいちゃん、お祈りを唱えてじっとしてな。彼は大叔母を窒息死させて、それから大叔母の煙草をぜんぶ吸ってやりたいと思った。

俺ももうおしまいだ、とジョージは言った。

こんどはじいちゃんがいやな目に遭う番だよ、とサム。

いやな目になら昨日の晩に遭ったよ。

サムは火傷しそうなほど熱い湯を入れたボウルと熱いタオル、シェービングクリーム、それに、浴室の洗面台の下の、石鹸のこびりついた、使わなくなったさまざまな洗面用具がどっさり入った籠から彼の祖母が見つけてきた、ちゃちな使い捨てのプラスチックの剃刀を持って部屋へ戻ってきた。サムは祖父の電気剃刀を見つけることができず、ジョージもどこへ置いたか思い出せなかったのだ。ドラッグストアへ走って新しいのを買ってこようと思いつくだけの平常心を保っている者は誰もいなかった。サムは熱いタオルを祖父の顔に押し当てながら、煙草が欲しいと思い、こんなに疲れ果ててヒステリックになっている観客を前にして祖父のひげを剃る羽目になどならなければよかったのにと思った。ジョージの頭はパーキンソン病のせいでわずかに震えていた。サムがジョージの顔を押さえると、震えはやんだ。サムはタオルを取り除き、シェービングクリームの缶を振り、噴射ボタンを押した。缶は古く、剃刀とともに浴室の洗面台の下にあるキャビネットの中身から掘り起こされたものだった。ジョージは普段は電気剃刀を使っていたので、シェービングクリームは必要なかったのだ。缶は底が錆びていて、今ではもう製造もされていないブランドだった。缶はブシュブシュとくしゃみをするようにしてサムの手に白い涎を吐き出した。

薪のことは心配しないでね、母さん、とサムが言った。

父さんがどっさり持って帰ってくるからね、とジョージ。

サムはまた缶を振り、今度は本物のシェービングクリームに近いものがひとかたまり出てきた。サムはジョージの顔と首に泡を塗った。彼はジョージの両頬から始め、順剃りだけにした。頬は滑らかになった。上唇は難しく、下唇はさらに難しかった。

マージョリーが、切らないでね、と言った。

ジョージの娘たちは顔をしかめた。サムの母親のベッツィが、気をつけてね、と言ってから、サムに歯をむき出してみせて危機感と不安と支持を表明した。

ジョージの妻、サムの祖母が言った。顎を剃ってね。この人、いつも顎をとばすんだから。

一服したいな、とサム。

なんだって？　とジョージ。

なんでもない。じっとしてて、ミスター・クレスギ（有名小売チェーン、Kマートの創始者。マーサ・スチュアートと提携して売り出した豊富な色揃えのペンキがある）、とサムは答えた。

ねえミスター・クレスギ、苦情が来てますよ、どうしてこんな安物の赤ペンキを売るんだ！　って。

それから、ジョージの顎のたるみ、顎の下側と首とのあいだの皮膚のたぷたぷした部分を、手短かに軽く剃刀を動かして。サムは皮膚をあちらへこちらへきゅっと引っ張って、ジョージの柔らかな肌にうんと用心ぶかく剃刀を滑らせた。この努力でサムは疲れ果て、ニコチンが欲しくてたまらないこともあって、投げやりな剃り方になっていった。すっかり終わったと思い、残っていたシェービングクリームをジョージの顔から拭うと、首の皮膚のひだのなかに無精ひげが一部残っているのが目に留まった。もう一度熱湯とクリームを使ったりはせずに、サムは、ちょっと待って、一か所剃り残してる、と言うと、親指で皮膚のひだをぴんと伸ばしてその部分に剃刀をふるった。剃刀は肌をひっかけ、切り傷を作った。

くそっ、とサム。

どうした？　とジョージはたずねた。

血だわ！　とマージョリー。

切り傷は深くはなかったが、かなりの出血で、ジョージの首に赤い筋が滴り、さまざまな皺や隆起と遭遇していくつかの支流を作りながら白い綿の病人服の襟元を汚し、ジョージの汚れた寝具をきれいなものに取り換えるという骨の折れる努力が必要となった。本来の単純な手順よりも難しい過程を踏むことになったのは、娘たちと孫たちとでジョージの血の気の失せた無力な裸の体を左右に転がさねばならなかったからだ。これを行なう際、マージョリーは部屋から連れ出されることとなった。

彼女は兄のむき出しにされた肩や胸を目にして、これはひ、ど、い、わ！　誰かな、ん、と、か、してちょうだい！　と叫んだのだ。目に涙をあふれさせて、彼女はうめいた。

ジョージは何も感じなかった。出血が止まり、傷口に救急絆創膏を貼ってもらい、新しい病人服姿で後ろに寄りかかるようにしてジョージがベッドで上体を起こすと、マージョリーはきまり悪そうな顔をした家族の者とともに部屋へ戻ってきた。サムはジョージに鏡を手渡した。ジョージはそこに映った自分の姿に驚いた顔になった。まるで、これまで生涯にわたって鏡や窓や金属や水に映る自分を見てきたのに、今こうして最後になっていきなり、粗野でいらついた見知らぬ男が自分に成り代わって現われたとでもいわんばかりに。登場したくてじりじりしていた男だ。男の正式な出番はジョージの退場のときなのだが。

そのせいで部屋には新たな警戒感が広がり、サムはあわてて言った。で、どうかな？

ジョージは戸惑った顔で視線を上げた。ひげ剃りのことだよ、とサム。ジョージは途方にくれて孫息子を見つめた。サムは顔をごくわずかに祖父のほうへ近づけると、祖父の凝視を受け止め、さっきよりも静かな声で繰り返した。ひげ剃りの出来栄えはどう？

ジョージは答えた。ああ！　い、い、い、ひげ剃りのことか！　じつに、じつにいいよ。これでまた小粋になれた。

キャビン・ボーイのリロイ君（ドゥエーン・リロイ・ブリス。十九世紀ネバダ州の材木・鉱山王。十三歳のときにキャビン・ボーイから出発した）みたいにね、とサム。

ああ、あいつはなかなか用心深い小僧だったな！　とジョージは言った。

二つのなだらかな斜面のあいだを轍のついた道が伸びていた。斜面に生えた木々は道のほうへ傾いでいて、いちばん下の枝は草をこすっていた。太陽が低くなり、木々の梢が輝き、丈の高い草が輝き、あいだでは、いちばん低い枝々の裾に影が帯状に凝集していた。ハワードは小道を進みながら、自分が通ると、森の端の下から影が漏れ出し、坂を下って土の部分まで届くような気がした。背後でも、影とともに動物が端の叢で草を食べにやってきて、黒い長靴を履いたアカギツネが闇から闇へ、まばゆい道をさっと横切った。ハワードにとって、これは午後の最上の部分だった。夜の襞が昼の帯と混じりあうのだ。彼は荷馬車を停めてプリンス・エドワードにリンゴを一個やり、影のなかに這いこんで静かに腰をおろし、ゆっくりとあふれ出す夜の一部になってしまいたい、あるいは荷馬車を停めてただそのまま御者台にとどまり、影が近づいてきて荷馬車の車輪やプリンス・エドワードの蹄の周囲にたまっていき、しまいには彼の靴底に、そして足首に達し、ついにはラバも荷馬車も人もどっと押し寄せる夜に没してしまうまで見守っていたいという思いを押さえつけた。なにしろ、かさかさ音をたてながら彼が通るまで待っている木立の端の影に集まった不思議なもの、目に見えないそれらが周囲の道にあふれるのを感じると両腕や首筋の後ろの毛が逆立ち、頭皮がぴんと引きしまる不思議なものが、彼がそちらへ注意を向けるたびに、視野のすぐむこうへ散っては消え去るのだ。森と光と闇の真の本質、秘密のレシピは、あまりに精緻で捉えがたく観察するどころではなかった。こんななまくらな目では――水の袋と神経、それ自体が奇跡、それ自体が精緻。光をとらえるもの。だがそのもの自体は森や光や闇ではなく、俺の野卑な凝視、愚かな意図によって消散してしまう何か別のものだ。木の葉と光と影と微風のそよめきのキルトが裂けるかもしれない、そうすれば、むこう側にあるものが垣間見えるだろう。縫い目がひとりでにほどけるか、あるいはほどかれるかもしれない。編み手が道端のサトウカエデの葉に間違ったループをひとつ作ってしまい、そして何でできている糸にせよ――光、重力、星の闇――そのひとつのループが、白い蕾《つぼみ》や緑の葉や赤とオレンジの葉や裸の枝を絶えず悩ませる風によってどういうわけかほどけて、この世界を編み上げている何らかのものの二つの部分が互いにほどけて、たぶんほんの指一本分くらいの穴が開き、その穴を、俺が幸運にもこの箪笥つきの荷馬車からきらめく木の葉のなかに見つけ、素早く銀色の幹にのぼり、勇敢にもその裂け目に指を突っ込むんだ、それは触れただけでいささかの平安や安心を与えてくれるかもしれない。

こういった類の夢想にハワードはふけり、プリンス・エドワードは動物の確かさでもって天蓋に覆われた土の道を荷馬車を引いて進んでいき、そうして彼は目覚めたままの昏睡状態のようなものに陥り、眠っているのに夢で目覚めている人のようになるのだった。

北の薄明《クレプスキュール・ボレアリス》――1　カンバの樹皮は黄昏時、銀色と白に光る。カンバの樹皮は羊皮紙のようにはがれる。2　蛍は密生した草のなかで瞬き、生垣の周囲で光輪を形作る。3　木々のあいだの空間は灼熱した熾《おき》のように見える。4　キツネは影から離れない。フクロウは木の枝から見下ろす。ネズミは盛んに収集する。

これまた筆者が心楽しく伝え聞いた驚くべき時計が、八〇七年にペルシャ王からシャルルマーニュへ贈られた水時計《クレプシドラ》である。

大昔の人間は、印（西の丘陵に日が沈むのはいつか、など？）をつけた鉄製の円盤にアポロンの戦車の影を投げかけたり、なくなった燃料からおおまかな時間がわかるよう間隔をあけて印をつけたガラスのランプでオイルを燃やしたりするよりももっと正確に時間を捉える方法を、常に探し求めていた。おそらくはある日、さらさらと流れる小川の土手沿いで休息していた思慮深く鋭敏な人間が、雲を引き上げる滑車やウィンチ、風を駆り立てる天空の唸り、地球を回転させる歯車に多くの人間がもっとも気づきやすくなるように思われるあの夢うつつの状態で、玉石の上を流れる水の銀鈴の歌のなかに規則性を聞きつけるにいたったのであろうが、私たちはその人物のことを知らない。ならば、膨大な過去のなかから彼を引き出せばよいではないかと言ってみよう。おそらく厚底のサンダルを履いて、しっかりした手、自然を受け入れる心、人類を進歩させることに打ち込む頭脳をもつ、そんな彼がさまざまな機械を突いたりいじくったりし続けて、しまいに管を間断なく流れる水によって時を刻む装置にたどり着くのを感嘆しながら見守ったらどうだろう、と。名前までつけてみようではないか、アレキサンドリアのクテシビオス（前二世紀のギリシアの発明家）と。そしてアラブ人からカール大帝に贈られてその最晩年の七年にあたる時を水滴で刻んだ装置の先祖を作り上げた功績を彼に認めてやろうではないか。まず、貯水槽の水が絶え間なく受け皿に滴り落ちる。受け皿には棒を垂直に立てた浮きがある。棒の先端には人形が乗っている（ターバンを巻いてローブを纏い、ふさふさした黒いひげを生やした獰猛な黒い目の男を思い描いてみてもいいだろう）。この人形は指示棒を持っている（ここでもまた、この指示棒を槍のようなものと想像してもいいのではないか。戦士はそれを見えない敵めがけて突き出している）。据えられている受け皿に水がたまるにつれ、人形は上昇する。人形の指示棒は一日の時間を示す二十四本の目盛のついた円柱にそって上がる。人形が二十四本目の線まで上がると、彼の浮いている受け皿の水はサイフォンに到達する。サイフォンによって受け皿は空になり、人形は最初の時間のところまでまた沈む。つまり、真夜中のところまで。

シャルルマーニュに贈られた時計には、そのような人形がひとつあるのではなく、十二のドアがある目盛板がついている。特定の時間になると特定のドアが開いて、特定の数の小さな金の玉が出てきて、ヤギの皮をぴんと四角く張った真鍮の太鼓の上へひとつずつ落ちる。真夜中になると、十二の玉が十二回太鼓を鳴らし、十二人のミニチュアの騎手が馬を進めて十二のドアを閉じるのだ。

——ケナー・ダヴェンポート師『思慮深い時計製作者』一七八三年より

死ぬ九十六時間まえ、ジョージは脱水症状を起こした。二人いる娘の下のほうのベッツィが、彼のベッドの横に座って水を飲ませようとした。病院から、個別に包装した小さなピンクのスポンジに紙の棒がついたものを何ダースももらっていた。スポンジを水に浸して、重篤でコップから飲めなくなった患者に吸わせるのだ。棒付きキャンディをねぶっている赤ん坊じゃあるまいし、父親が馬鹿みたいに見えるとベッツィは思った。彼女は父親にコップから直接飲ませようとした。

きっとすごく喉が渇いてるはずだわ。あんなろくでもないスポンジを吸うんじゃなくて、ごくごく飲むほうがいいんじゃないの？　流しの底から持ってきた汚らしい台所用スポンジを父親がちゅうちゅう吸うイメージが、どうも頭からぬぐえなかったのだ。

ジョージは答えた。ああ、そいつはいいなあ。やたら喉が渇くんだ。ベッツィがコップを父親の唇にあてがってちょっと傾けると、父親は娘の顔を見つめ、水はぜんぶ顎へ流れ落ちた。スポンジをひとつ水に浸して父親の口に差し入れると、父親は棒ごと飲みこまんばかりだった。彼はむせてゲエゲエいった。ベッツィがスポンジを引き抜くと、それはねっとりした白い粘液で覆われていた。

うまかった、と彼は言った。喉が渇いてたまらないんだ。

彼は腎臓の機能不全で死にかけていた。実際には尿酸に侵されて死ぬことになる。どんな食べ物にしろ水にしろ、なんとか摂取したとしても体外へ排出されないのだ。

ベッツィは姉と母親と自分の息子たちに言った。おじいちゃん、すごく喉が渇いてるみたい。水を飲ませてあげなくちゃ。

息子のサムが答えた。喉が渇くなんてこと、じいちゃんにとっちゃいちばん小さな問題だよ。ともかく、もうそういうことじゃないんだ。じいちゃんは死にかけてるんだから。

（彼が死んで地元の墓地に葬られたあとの春、ベッツィは父親の磨かれた黒い墓石の前に赤いゼラニウムを植えた。墓石に彫られた妻の生年月日は間違っていた。それについて彼の妻は、わたしにお迎えが来て、その日付を足さなきゃならなくなったときに直してもらえばいいわ、と言った。ベッツィは秋になるまでゼラニウムの世話をした。毎日仕事が終わるとスニーカーを履いて自宅から墓地まで二マイルの道のりを歩いて、父親に語りかけて花に水をやるために通ったのだ。水栓がひとつあって、管理人が牛乳の入っていた半ガロンのプラスチック容器を置いてくれていた。彼女は容器に水を満たしては花の根本に五回水をかけ、しまいに花は深さ三インチの泥水に浸かった。銀色の水の筋が墓から緑の草のあいだを走った。その場所が水はけのよい丘の斜面でなかったならば、花は一週間で溺死していたことだろう。）

北の嵐《テンペスト・ボレアリス》——1　空が銀色になった。銀色の空を映して池も銀色になる。まるで水銀のプールのようだ。風が吹き、木々は葉の裏側の銀緑色を見せた。空は銀色から緑色に変わった。私たちは、木の手漕ぎ船の船首をアルミの索止めに舫《もや》ってある桟橋へ向かった。桟橋の木の部分は晒《さら》されて銀色がかった白になっていた。私たちが桟橋の端に膝をついて水面へ身を屈めると、銀色の空の膜は消えうせ、小枝や水草やヒメハヤや血を吸ってまるまるとしたヒルがのたくっているのが見えた。姿は見えなかったが、腹が銀色の小さなカワマスが視野の外側、数フィートむこうの、空の膜がまた始まっているすぐ下、ボートの列の端を越えたところで行き来しているのはわかっていた。雑草や濃い緑の水草のような緑色の背をしたカワマスは、虫を食べようと反転して水面へ浮かび上がり、銀緑色の腹を見せるまでは、水中では見えない。

2　池の縁に並ぶモミの木を、噂話でもしているかのような、山の後ろの嵐についてて老人たちがぶつぶつしゃべっているかのような音をたてて、風が梳《くしけず》った。嵐は山の後ろから、頂を覆いながらやってきた。稲妻が山を這いおりてきて、電気の舌でぴちゃぴちゃ浅瀬から水を飲み、丸い目玉のカエルや小さなマスや銀色のヒメハヤを気絶させた。雷が水面を打つと材木が落ちるような雷鳴が轟き、小屋を揺らした。

晩春の嵐でラッパズイセンの名残も初咲きのチューリップもべとべとした雪に覆われたが、太陽がまた顔を出すと解けてしまった。雪のおかげで花がしゃきっとしたようだ。根は解けた冷たい水を飲み、その冷たい飲み物のおかげで茎はまっすぐになり、しなやかで強健な花弁は本当に凍ってしまったわけではないので砕けやすくなってはいない。午後は暖かくなり、暖かさに誘われて初めて蜂が姿をみせ、小さな蜂がそれぞれ黄色いカップに陣取って新生児のように吸っている。ハワードは巡回の予定が遅れていたにもかかわらずプリンス・エドワードを止めると、ラバにニンジンをやって、花や蜂でいっぱいの野原へ足を踏み入れたが、蜂は彼の存在など少しも気にしてはいない様子で、じつのところすっかり春の虜となっていて、彼がいることにはまったく気づいていないようだった。ハワードは目を閉じて息を吸いこんだ。冷たい水と、冷たく恐れを知らない植物のにおいがした。あの早咲きの花々は冷たい水のようなにおいがした。その香りは盛夏の凪いだ芳香ではなかった。冷たく生硬な植物の無機質なにおいだった。彼は屈みこんでラッパズイセンを見つめた。六つの花弁のある花冠は完全に開き、鮮やかな太陽のミニチュアのようだ。蜂が一匹、そのカップに潜りこんで、柱頭や雄しべの葯や花柱をマッサージしている。ハワードはおそるおそる、ぎりぎりのところまで顔を近づけ（かわいそうな蜂を鼻から吸いこんでしまい、ついで刺されて不運にも痛い目に遭うのではないかと思い、つまみ出した生き物の死骸がぺたんと寝た冷たい草のなかに仰向けに横たわるさまが頭に浮かんだ）、もう一度息を吸った。微かな甘さがつんとくる無機質な冷たさと混じりあっていたが、もっとよく嗅ごうとさらに深く吸いこむと、においは薄れてわからなくなった。

その野原は放棄された土地だった。とうの昔に廃墟となった古い家の名残が野原の奥に建っていた。花はきっとあの廃墟に住んでいた女が最初に植えた多年草の子孫のもっとも新しい世代だったのだろう。その頃あの廃墟はペンキを塗っていない原木造りの家で、住んでいたのは女自身と煙草を吸ってばかりの生真面目な夫に、もしかすると無口で生真面目な娘が二人。そして花は、まったくの避けがたい必然的な狂気による行為のごとくむき出しの地面に原木の家が突き出ている、未開拓の何もない土地に対する抵抗の行為だったのだろう。なぜなら、人間というものはどこかで、そして何かのなかで暮らさねばならず、それがここだろうとあそこだろうとまったく同様にとんでもないことなのだ、というのも、どちらの場所であれ（どこの場所であれ）それは、支配させよう（創世記1−26）、という言葉を彼女が聖書で何度読んでいようと、いったん人間があの破壊的な声音やのこぎりや鋤とともにやってきて歌ったり釘を打ったり切ったり建てたりし始めると、台無しにされ、追い散らされ、打ち負かされてしまうように思えるものに対する妨害、侵害のように感じられるからだった。だから花はおそらく癒しか、癒しでなかったとしたら、できるだけの償いになればと彼女が用いる癒しを意味するある種の意思表示だったのだろう。ハワードが今そのあいだを歩いている花はあの地の短期間における災厄と復活を受け継ぐ最後の数本で、そして彼はふと気づくとしょっちゅう考えている類の秘密、近づいていたことに気づいて初めて自分がその近くにいたことを悟る啓示に、親近感を覚えた。そして気づくというその現象こそが彼をさっと連れ去ってしまうのであり、したがって洞察したり情報を拾い集めたりということはすべて、残ってはいるが言葉を通じて理解することはできない一種の残照として、あとになって振り返って初めて可能になるのだ。だが、草や花や光や影を通じてならどうだろう？　と彼は考えた。

ハワードは荷馬車の引出しをあけてピンの箱を取り出し、在庫管理台帳からその分を消して自分のポケットから曇った一セント玉を二枚出して支払った。彼は棒切れを四本、細長い草の葉でくくった。草の葉をさらに、幅に従って選んだ。彼はそれを四角い枠に横にして置くと、小枝にピンで留めていった。最初の葉はきつく張りすぎて草がピンのところから裂けてしまった。そのうちに正しい力のかけ方が、葉がピンの脚のところから肌理にそって裂けずに持ちこたえられる張力がわかってきた。彼は葉を互い違いに、ひとつは葉柄を左、葉先を右に置いたら、つぎは葉先を左、葉柄を右という具合にピンで留めていって、四角の枠が緑の草のパネルで途切れ目なく覆われるようにした。最後の葉を枠に留めつけてしまうと、ハワードは荷馬車のべつの引出しを開けて裁縫鋏を取り出した。鋏は茶色の紙箱に収まっていて、箱には鋏が布を支点のところまで深くはさみこんで切っている絵が描かれていた。鋏は濁った白色の堅い四角い紙に包まれていた。ハワードは注意深く紙を広げて鋏を取り出すと、四角い枠の端にぴったり合わせて葉を切りそろえた。鋏は刃の先端だけを使い、切り終わると、自分のシャツの袖口で刃をきれいに拭い（草色をした矢尻の形のしみがついた）、また紙に包んで箱に入れ、箱を元の引出しに戻した。彼はオブジェを、音が鳴るのを期待して風にかざした。オブジェを太陽にかざすと、パネルは鮮やかな緑に輝いた。

多年草とともに、野原には野草が点々と咲いていた。ハワードはキンポウゲ（生息地――年数を経た田野、草原、荒れた土地）と、名前が出てこない、そよ風に震える小さな白い花を摘んだ。彼は花の茎を草の縦糸に、黄色の花と白い花を交互にして編みこんだ。彼は百本の花を織り込んだ。長い影のなかをシカが草を食みに来た。顔を上げると、一日はほとんど過ぎていた。巡回をさぼってしまったのだ。箱に入っている金は彼がピンの代金として自分のポケットから出した二セントだけだった。一枚は代理業者のカレンのものだ、それにその他ほとんどすべてのものも。ハワードは一セント玉の銀色の表面を削ることを考えた。爪の切り屑くらいわずかずつ、曇って汚れた天使の凸面をぴかぴかできれいな凹面にして、家にいるキャスリーンのもとへ戻って、妻が広げた手に銀貨を落としてやるのだ。彼女の驚きを、そしていつもの怒りを、それから彼が背後から草と花のタペストリーを取り出して彼女の両手に載せてやるとその怒りがまた驚きへと戻り、そして喜びに変わるさまを、彼は思い描いた。彼女はそれを、生きた緑を光が照らすのを眺めようと彼が太陽にかざしたのと同じように、石油ランプにかざし、右へ左へと見てみることだろう。彼女はパネルを顔に近づけ、花や傷ついた茎のにおいを嗅ぐだろう。上向きにした顎の下にパネルをあてがって、キンポウゲの反射する光が見えるかと彼にたずねて笑うだろう。彼女はこう言うだろう。この白いのはアネモネっていうのよ。

ハワードは急に寒気がして身震いした。夏になると冷えた地面は焼き戻しされるのだろうが、今のところ水は鉱物質が多くて硬く、音が鳴りそうに思えた。土のなかで、根の周りで、水が鳴り響くのがハワードには聞こえた。草のなか、水は足首のところまであった。水たまりは震え、そこへ雲を通して投げかけられる光がちらちら揺らめき、ブリキのシンバルのように見えた。棒で叩いたら鳴りそうだった。水たまりが鳴った。水が鳴った。ハワードは草と花のタペストリーを取り落とした。蜂のブンブンいううなりが合わさり、脈動する一つの和音となって鳴り響いた。野原が鳴り響いて回転した。

死ぬ八十四時間まえ、ジョージは思った。あれは枠のなかで定まらずにいるタイルのようなものなのだから、たとえそれが一度にほんの数個で、それも一か所にすぎないとしても、どれもが動き続けられるだけのスペースがあれば、動いているのはそのあいだの何もないスペースであるように見え、そしてその何もないスペースは欠けているスペース、色付きガラスの最後の数片分で、その数片がきちんと収まれば、それが最終的な絵柄、最終的な配列となるのだ。だがその数片、なめらかで艶のあるラッカーを塗った数片は俺の死という黒ずんだタブレットなのだ。灰色と黒の、白茶けて水気のなくなった。そしてそれらがしかるべき場所に収まるまで、他のものはすべて動き続ける。だから、混乱のなかでのこの終わりは、そこにおいてすべてが止まるときに俺は決してそれを知ることはできず、この動きはあのスペースなのだが、まだこれからのことで、最後の数片がはめこまれて他のものが止まるときに最終的に枠のどの部分になるのだろうと、そこが塞がれるのを見るのは他の連中であり、そしてそこには停止した模様が、最終的な配列が現われるのだが、それさえもちがうのだ、というのは、その最後の有限性はそれ自体わずかにスクロールしているはずだからで、真珠の光沢をもつタイルの塊、通常かたまっているそれは、べつの統一体のなかでは動き回り、他人の記憶と際限なく混じりあい、だから俺は透過性の、誰であれ別の人間の枠のなかでゆらゆら動き回るほかのあらゆるガラス質の四角形とすぐに組み合わさってしまう一連の印象にとどまるのだろう、なぜなら、彼ら自身の今後の時間のためのスペースが常に残されているのだし、タイルよりもスペースのほうが多い俺のひ孫たちにとっては、俺は単なる煙った一連の噂話に過ぎなくなるだろうし、そのまたひ孫にとっては、俺はぼやけた曖昧な色でしかなく、そのまたひ孫となったら一切何も知らないことだろう、だとしたら、アダムまで戻ったらどれほど大勢の知らない人間や亡霊が俺を形作り、色付けしてきたことか。肋骨が、溶かした砂を吹いたガラスだった頃まで戻ったら。そのガラスはこの世の光を集める、なぜかというとそれがこの世でできているからなのだ。たとえあの色付きガラスの束の間の借家人たちがそこに住むというのはどういうことか毛ほども悟らないうちに退去してしまっているとしても、そしてもし彼らが――もし我々が幸運ならば（そうだ、俺は運がいい、運がいい）、そしてもし我々が幸運ならば、謎をじっくり考えるのは我々なのだと満足できる束の間の一瞬を得られるのならば、決して解決できずとも、あるいは単なる夥《おびただ》しい個人的な謎でしかなくてさえ、むろん外部のものなどではなく――外部の謎などというものがあるのだろうか？　それ自体が謎だ――まあともかく、個人的な謎、たとえば、父親の居場所とか、なぜ動きをすべて止めて広大な配列を見渡し、光の輪郭や色や質によって父の居場所を見つけることが自分にはできないのか、何かを解決しようというのではなく、ただ単にせめて最後にもう一度見てみるために、あのまえに、終わるまえに、止まるまえに。だが止まることはない。ただ終わるだけだ。それは最後の区切りさえなしにまき散らされる最終パターンだ。あの最後に、この最後に。

ハワードは暗い戸口に、冷えきって、濡れて、泥だらけでたたずんだ。九時だった――夕食の時刻を四時間過ぎ、娘のダーラとマージョリー、それに下の息子ジョーの寝る時間を一時間過ぎている。上の息子ジョージの寝る時間はちょうど今頃で、それは放課後の仕事と夜の雑用（これには弟に寝る支度をさせることも含まれていた。弟は十歳だが頭は三歳児だったからだ）と宿題があるためだった。家族は食卓についていた。女の子二人は一方の側に、男の子二人はその反対側に、妻のキャスリーンは奥に、そして彼自身の席は空で、その前には皿に盛られた冷めた料理があった。子供たち全員と妻の前にも冷めた料理の皿があった。うろたえ、疲れ果てた彼が家族を見て最初に思ったのは、子供たちはヒステリーを起こしかけているに違いない、ということだった。遅い時間だということだけはわかったものの、何時かはわからず、その日二度目となるが、重なりあうもののただなかにいるという感覚に襲われた。疲れ果てて半分凍え、血まみれの彼が食堂に夜を持ちこみ、家族のまともな食事時間を彼自身の苦しみの時間と混ぜこぜにしてしまったかのような。彼は目に映るものをうまく分類できなかった。まるで、九時に一家が夕食をとるのがまったくあたりまえのことである別の世界に行き当たってしまった気分だった。キャスリーンが彼を見た。彼女は何も言わなかった。自分が部屋へ入ってくるのを妻が期待しているのかどうかハワードにはわからなかった。泥を落としながらテーブルについて、頭を垂れていつものように祈りの言葉を唱え――そして人間にとって最も幸福なのは――それからナイフとフォークを取り上げて、皿の冷えきって固まった料理を、それらが熱々で、彼は泥だらけで傷を負い濡れそぼっていたりせず、今は夜の九時ではなく、世界はこんな状態ではなくてあるべき姿であるかのように食べ始めるのを期待しているのかどうか。

ジョーが口から親指を出して言った。父ちゃん、泥だらけ！

ダーラが父親を見つめながら言った。母ちゃん、母ちゃん、母ちゃん！

マージョリーがぜいぜいあえぎながら言った。父さん。きた。ない！

ジョーが言った。父ちゃん、泥だらけ！　父ちゃん、泥だらけ！

ダーラが、ハワードが突っ立っている暗い戸口を見つめながら言った。母ちゃん、母ちゃん、母ちゃん、と、毎回少しずつ声が大きく、毎回ちょっとずつ甲高くなって、キャスリーンが子供たちのほうを見て、そして一言も言わずに、そのまま座っているよう子供たちに合図し、それから立ち上がって、乾いた服を出して顔や手についた泥をタオルで拭ってやろうと夫を洗濯室へ連れていったあとまで。

ジョージは立ち上がってジョーのところへ行き、そうだね、ジョー、父ちゃんは泥だらけだね、でも母ちゃんがきれいにするからね、そうしたらやっとみんなで飯が食えるぞ、と言った。ジョージはジョーに毛布を渡してやった。少年は興奮して床に落としていたのだ。

ジョーは毛布の端を鼻に当てて、親指をまた口に入れたが、歯のあいだに親指を突っこみながらも、ほうはん、ろろらけ、と言い続けた。

ジョージはダーラのところへ行って、ナプキンをコップの水に浸して妹の額に当て、妹がいくらか落ち着くまで、大丈夫だよ、ダーラ、大丈夫だよ、と繰り返した。

母ちゃんがなんとかしてあげなきゃ、母ちゃんがなんとかしてあげなきゃ、と彼女は小声で言った。マージョリーは喘息のせいで息をするとひゅうひゅういい、しゃべるときいきい声になった。あのね、と彼女はあえいだ。あたし――彼女は一息吸った、もう一息、もう一息、つぎの言葉を発するのにじゅうぶんなだけ空気をためようとして――食べる。彼女はとうの昔に冷めきったマッシュポテトの鉢に手を伸ばした。鉢を持ち上げたものの、力が入らないためどすんと取り落とし、彼女はまた椅子に座りこんだ。ジョージは妹の椅子をテーブルの反対側に向け、手を貸して立ち上がらせた。

もう寝たほうがいい。蒸しタオルと喘息パウダー（燃やして煙を吸いこむぜんそく薬）を持っていってやるよ。母ちゃんが何て言うかなんてことは気にするな。チキンとポテトをちょっと運んでやるからな。

キャスリーンは洗濯室でハワードをきれいにした。ハワードは黙って座りながら、ひどく噛んでしまった舌を口蓋に押し当ててみた。キャスリーンは夫の顔を、頬が赤むけになって洗い落したばかりの血のように赤く光るまでこすった。ハワードが口を開いた。あれが最初に起こったときに、俺のおふくろもこんなふうにしてくれたのを思い出すよ。キャスリーンは夫に着せかけた清潔なシャツのボタンをかけながら答えた。さあ、これで家族のところへ夕食を食べに行けるわ。

一家が食事してテーブルを片づけ、寝間着に着替えた頃には、十時十五分になっていた。キャスリーンは何事もなかったかのように振る舞っていた。子供たちを皿の前に座らせてハワードを待っていた四時間のずれを、彼女は無視した。プリンス・エドワードがゆっくりと、だが着実に引く荷馬車にがっくり座りこんだ彼が私道に入り、そしてよろよろと戸口をくぐったとき、彼女はもう一度夕方を始めたのだった。まるで今は午後五時であるかのように、九時に五時を滑りこませたか、あるいはあいだの四時間を取り除いたか、それとも自分自身と子供たちに乱暴にも一種の削減を強いて、子供たちそれぞれにも自分自身にもこの先一生、余分な四時間を気にしながらなんとか辻褄を合わせなければならないという重荷を背負いこませたかのように。最初は一個の奇妙なわけのわからない当惑として、ついであとになって振り返ると、ほぼ一年後のある夜の前ぶれとして。その夜、彼女と子供たちはまたも冷めた山盛りの料理の皿を前に座って、ハワードを待ったのだ、荷馬車やラバの音や馬具のじゃらじゃら鳴る音を待ったのだが、そのときには、彼はついに帰ってこなかったのだった。

女の子たちとジョーがベッドに入り、台所が片づき、キャスリーンが寝室で寝間着に着替えると、まだ感覚が麻痺して、まだ発作の電圧でピリピリしているハワードは、自分や妹たちの本を片づけているジョージの手をとめさせて、言った。ジョージ、俺は……するとジョージは、大丈夫だよ、と言った。大丈夫ではなかったのだが。そして、両親が子供たちから実際の発作の光景を隠しとおし、癲癇など存在しないかのように振る舞っていたので、あの病気に関する風評、奇妙な婉曲表現や余計なことを口にしないための沈黙は、両親が覆い隠そうとした状態よりもさらに恐ろしいものとなった。そのあとジョージは寝床に行った。ハワードは暗い家のなかを足を引きずって居間の鉄製ストーブのところへ行き、相変わらずひどく寒気がしたのでカンバの薪をやたらとくべてから、やっと寝床へ行った。

ハワードとキャスリーンと子供たちは全員同時に目を覚ました。夜の明けるちょっとまえに、汗だくになって。全員が同時にのろのろと夢遊病者のように居間へ行くと、鉄のストーブは熱で白く輝き、熱い石炭のように脈打っていた。

2

朝は暗闇のなかで始まった。一家は家庭内の一日の準備から始める、そうすれば、太陽がまずは目に見えない地平線に昇り、ついで黒っぽい木々の枝に来る頃には、すでにせっせと働いていられる。

ストーブの箱に薪をいっぱいにしろ。牛乳桶に牛乳を満たせ。（継ぎ目のない夜を裁ち割って庭を横切るジョージの脚に当たって桶はかちゃかちゃ音をたて、おかげで目を覚ました他の子供たちは、鼻をすすり、あくびをしながら、冷たい空気と朝の雑用を厭い、いっそう深く暖かいベッドに潜りこむ。母親はマージョリーがベッドで上体を起こしてぜいぜい息をしているのを見つける。ダーラが目を開いて言う。お日さまったら遅刻だよ。お日さまったら遅刻だよ！　ぜったい昨日のほうが早くあがってた！　母ちゃん！　なんか変だよ！　ジョーはオーバーオールの違う側に片足を突っこんで、にこにこしながら大好物のメープルシロップを添えたパンケーキをせがむ。）水を汲め。火を熾せ。

お前の冷たい朝は胸の痛みでいっぱいだ。この世の中では安穏としていられないとはいえ、俺たちにはこれしかない、これが俺たちの世の中だがその世の中は争いに満ちているから俺たちのものだと言えるのは争いしかない、という事実についての痛みで。だがそれでさえ、何もないよりはましなんじゃないか？　そして、かじかんだ手で霜の飾りがついた薪を割りながら、お前の不安定な状態は神の意志であり、お前への神の恩寵であるのだと、そして、それが美しく、お前自身の父親がいつも説教のなかで、それに家でもお前に言っていたようにさらなる確かさの一部なのだということを、喜ばしく思え。そして、斧を薪に食い込ませながら、お前の胸の痛みや魂の混乱は、お前がまだ生きていて、まだ人間で、それに値するようなことは何もしてはいないものの、まだこの世の美に心が開かれているということなのだという事実で自分を慰めろ。胸の痛みが恨めしくなったら、思い出せ。どうせすぐにお前は死んで埋葬されることになるのだということを。

ハワードは胸の痛みが恨めしかった。目覚めると毎朝それがあって、少なくとも服を着て熱いコーヒーを飲むまでは残っているのが恨めしかった。商品の在庫を荷車に積み込んで、プリンス・エドワードに餌をやって車に繋ぐまで残ることはないとしても。巡回が終わるまで残ることはないとしても。その夜眠りに落ちるまで残ることはないとしても。彼が夢のなかでそれに苦しめられなければの話だが。彼は胸の痛みと恨めしさそれ自体を等しく恨んだ。彼が自分の恨めしさを恨めしく思ったのは、それが彼自身の精神および謙虚さの限界を示していたからだ。人はそれぞれそんなものを負っているのだとわかってはいたのだが。彼が胸の痛みを恨めしく思ったのは、それが勝手に生じるもので、押しつけられたように、罰のように思われるから、そして毎朝自分を励ましてみても、よい日であろうと悪い日であろうと、際立った親切あるいは取るに足りない罪を目の当たりにしようが、故なき悲しみあるいは自ずと湧き上がる喜びに満たされようが、それがそこにあるせいで気持ちが挫けてしまうからだった。

この朝——夜明け前に雪が降り、ハワードが足を止めてかつては家があった野原を眺め、朦朧とした状態のなかで小枝と草と花で妙なものを、すでに作ったことを忘れてしまっているものをこしらえ、そのあと発作を起こして野原で凍えながら覚醒し、ようやっと自分が誰でどこに住んでいるのか思い出して家へ帰ることとなったあの金曜日の朝のあとの月曜の朝——この朝は、注文を取りに回るつもりの田舎道のどこかにまた発作が潜んでいるのではないか、岩や切株の陰に、あるいは木のうろや奇妙な巣のなかに稲妻がとぐろを巻いていて、彼が通ったのが引き金となってそいつがぴょんと飛び出して爆発し、刺し貫かれるのではないかという不安に襲われた。

なんたる自惚れ！　いいにしろ悪いにしろ、自分ごときにそのような注意が向けられると考えるとは、なんとずうずうしい。自分を頭上から見てみろ。そのほこりまみれの帽子のてっぺんを見てみろ。安物のフエルトの、くたびれた、くたびれて継ぎがあたっていた先代のフエルト帽の切れ端で継ぎを当ててある帽子を。なんて王冠だ！　そんな不興をこうむるに値するだなんて、王さまのつもりか。神が何かの世話をしておられた手をとめてお前の頭に雷を投げつけるだなんて、たいした重要人物じゃないか。もっと高く昇れよ、木立の上へ。お前の王冠はもうすでに道の砂ぼこりや溝の泥のなかからは見えづらい。だがお前はなおも目立っているぞ。もっと高く昇れよ、なんならクロウタドリが羽ばたくところまで。どこへ行った？　おお、そこにいるんだな。それがお前だろう、そのじりじり動くちっぽけなやつが。さあ、ならばもっと高く昇れ、雲の腹のところまで。どこへ行った？　さあもっと高く、用心しないとつま先を月の山脈にぶつけてしまいそうなところまで。どこにいるんだ？　知ったことか。お前の家は、郡は、州は、国はどこだ？　あ、そこだな！　さあもっと高く、太陽面爆発の火花でお前の髪やまつ毛に火がつくくらい。あの輝くどの天体の上で、お前は泥の王国を、石鹸の荷車を統《す》べるんだ？　ああなるほど、あれだな。お前が間違っていないといいがな――火星じゃ、鋳掛け屋《ティンカー》に用はないからな。さあ、もっと高く、海の王の名がつけられた八番目の惑星を越えて。そしてさらに高く、今では人々の夢に存在するだけの影のような九番目を越え、そして――はて！　お前はどこにいっちまった？　あのきらきら輝く何百万もの切子面《ファセット》のどれがお前の居場所なんだ？　お前がとぼとぼ歩き、セールスして回り、地面に倒れて草のなかをのたうちまわるのは、どこだ？

暖かい時候になり、日曜日には教会のあとで、一家はポーチに腰をおろした。ポーチは家の正面の端から端まであり、周囲にはびっしり野草が茂っていた。七月初めには、ノラニンジンにオダマキ、ヤナギタンポポにワスレナグサ、キヌガサギクにブルーベルが咲いた。ポーチから道路の端に至るメヒシバやクローバーが生えている芝生には、オカトラノオの茂みがあった。ポーチの床はでこぼこしていて、一方の端（玄関のあるところ）から他方（窓のややむこうで、窓からは食卓が見える）にむかって少し傾いていた。道路から見ると、家は左に、ポーチは右に傾いているように見え、それぞれが立っていられるのは互いに引っ張りあっているおかげのように思えるのだった。だが家を横から見ると、事実は逆で、両者はもたれあっていて、互いの重みのおかげで建っていられるように思われた。どの角度から見ようと、家は建っているのが冗談みたいだった。どの壁も今にも倒れそうに見える。つぎつぎと倒れて、その山の上に撓《たわ》んだ屋根が落ち、かくしてぺちゃんこになった家はきちんと積み重なるというわけだ。

ポーチは塗装が施されておらず、木材は晒されて銀白色になっていた。空が雲で覆われると、よくその木材と同じ銀色になり、空に木目さえあれば木材になるように、木材に風の吐息による微かな揺らぎさえあれば空になるように思えるのだった。床の、玄関のちょっと右のところを踏むと、ポーチ全体が枝に乗っかっているかのごとく上下に揺れた。

がたがたの椅子が二脚あって、片方はかつては赤く塗られていた古い揺り椅子で、その椅子にキャスリーンが座ってエンドウ豆の莢をむいたり、インゲン豆の筋をとったり、がみがみ怒鳴ったりする。あたしの目の届くところにいなさい、と横のほうで転げまわっているジョーに。ハワードはもうひとつの椅子に座った。背もたれが梯子型になっている古いもので、ハワードの座り方によってどちらかの側に傾いて、床に対して平行四辺形になり、背板がばらばらになってしまうので、数分おきに立ち上がっては手で叩いて元に戻さねばならなかった。子供たちはひっくり返したバケツや木箱に座った。犬のバディと猫のラッセルは陽だまりに寝そべった。ダーラとマージョリーはキャスリーンの手伝いをした。マージョリーの場合、花粉やクワモドキのせいで喘息の発作を起こして二階のベッドで寝ていなければの話だが。そしてダーラは、スズメバチやクモが目につきさえしなければ。いつも遅かれ早かれ目にしては、金切り声をあげて家へ駆けこみ、その際たいていは床の撓む部分を通るので、家の奥深くへとダーラが逃げ戻ると、残りの家族はポーチで体のバランスをとらねばならないのだった。ハワードとジョージはトランプでクリベッジをやった。

七。

十五、二点。

二十四、三点。

三十、四点。

ゴー（出す手札がない場合にこう言う）。

三十一、二点。

二人はボードなしでゲームをやり（本来は専用のボードの穴に棒を差してスコアをつける）、スコアは得点を積算しては新聞の漫画欄の端に書いておいた。父が言った。ジョージ、クリベッジのボードが見つからないんだ。俺は答えた。そりゃあ変だなあ、父さん。ポーチにあるはずだよ、あそこへ置いといたんだから。俺は一時間ばかり父を手伝って探すふりをし、しまいに父があきらめると俺もあきらめたふりをして、古い新聞紙にスコアをつけることになった。俺がボードを持ち出したのだ。ボードを盗んで、レイの小屋へ持っていき、煙草を吸いながらビー玉や矢尻を賭けてクリベッジをやったのだ。

父さんは十五（出された札の合計が十五になると二点得点）を一回逃したし、それにライト・ジャック（開始札と同じマークのジャック）でもう三点だからね。

そうだな。またお前の勝ちだな、ジョージ。

スカンク（敗者の得点が九十一点未満の場合二ゲームの負けとなるルール、スコンクとも）のにおいがする、ダブル・スカンクだ（六十一点未満の場合）。

キャスリーンが声をかけた。ジョージ、弟を連れてきて。あの子を連れといで。

見ちゃだめだよ。

見ないさ。ジョージは木箱から立ち上がった。

行きなさい。そこでジョージは歩いていった。家の角を曲がって弟の名前を呼び、木のなかで動きがとれなくなって握りしめた花を翳っている姿を見ると、小石を拾い上げて弟に投げつけた。石はジョージの耳に当たり、弟は泣きだした。ジョージは角のむこうの両親に聞こえるくらい声を張り上げて言った。おいジョー、泣くんじゃない。兄ちゃんがそこから出してやるから。泣くな、ジョー。スターフラワーやヒナギクの苦い味をすすげるように、水を持ってきてやろう。

カンバの樹皮と落ち葉で作られたミニチュアのボートのどれほどが、空気のように澄んだ冷たい水に進水したのだろう？　いくつの船団が、どんぐりや黒い羽、とまどうカマキリといった宝物を積んで、池の中央へむかって押し出され、あるいは秋の小川を流されたことだろう？　あの草の船を、海原を切って進む鉄の船体と並べて記載しようではないか、どちらもすべて人間の夢想から即興で作られたものなのだから。そしてすべて滅び去るのだ、大洋の包囲によってであろうと、十月のそよ風によってであろうと。

そして燃やすために作られた艀《はしけ》のどれほどが？　ある夕方の日没時、夕食のあとで家の近くの木立を歩いていたハワードは、小道に膝をついて地面にある何かを検分しているジョージを見かけた。ジョージは父の足音に気づいていなかったので、ハワードは木立のなかにじっとたたずんで、息子を見守った。ジョージは立ち上がると、さっと小道を家のほうへと戻っていった。駆け足でハワードの視界から消えたと思うと、一瞬ののち正面ポーチでドアがバタンと閉まる音がした。ハワードが息子の跪いていた場所へ行くと、死んだネズミが、眠っているかのように落ち葉の上で丸くなっていた。死んで間もないようだった。ハワードがブーツのつま先で突くと、頭がのけぞって手足が開いたが、そのあとはまた丸まった。ポーチのドアがまたバタンと閉まり、ハワードは木立の暗がりへ戻った。ジョージはネズミのところへ戻ってくると、死骸を新聞紙で包み、埋葬布の上から料理用の糸できゅっと縛った。彼は包んだネズミを台所用マッチの空き箱に詰めこんだ。ハワードは灯油のにおいを嗅ぎつけ、息子は新聞紙を灯油に浸しておいたのだと気づいた。

庭の裏の木立のなかに小さな池があった。二組のカモとカナダガンの小さな群れが毎年やってきた。もっとも深いところでも五フィートしかなかった。ジョージはときどきそこで釣りをしていて、小さなカワマスを釣っては水辺で火を熾して料理した。土曜日には日没時に釣りをしていた。初夏のあいだはカゲロウやその幼虫がいて、マスがそれを食べようと水面にあがってくるのだ。ある時点で、コウモリが暗闇から現われ、虫を食べようと水面の上を軽やかに飛ぶ。そうすると、ジョージは釣りをやめる。コウモリが毛鉤にぶつかってきて、逆とげのある釣り針に貫かれたコウモリが狂ったようにキイキイ声をあげながら自由になろうともがき、挙句に自分のもろい翼を折ってしまうことになるのが彼にはたまらないからだった。コウモリを摑んで釣り針を引き抜くなどということは考えられない、となると唯一の選択肢は、もがく動物を釣り糸の端にそのまま置き去りにし、キツネが通りかかってコウモリを食べていってくれることを（そしてコウモリといっしょに釣り針を飲み込まなかったことを。そんなことになったら今度はキツネも森のどこかでもがくことになってしまう、今や腹のなかから伸びて喉をくぐり、口の端を切り裂きながらぴんと張っている釣り糸で釣り竿を引きずりながら）祈りながら翌朝戻ってきて釣り竿を回収することくらいしかなさそうだった。だからコウモリが出てくると、ジョージは釣った魚があればあるだけ料理し、あたりが闇に包まれるのを眺めて、それから家に帰るのだった。

　ジョージは水辺へと歩き、ハワードは距離をおいてそっとあとを追った。水際で、ジョージはジャックナイフでカンバの木の樹皮を一枚切りとった。彼は大きな縫い針と黒っぽい糸で樹皮の端と端を縫い合わせ、カヌーのような形のボートをこしらえた。船の中央に小さな棺を据えると、その隣にオーバーオールのポケットから取り出した石炭をひとつ置く。台所用マッチをズボンのチャックでこすって石炭に火をつけ、彼はボートを進水させた。ボートは池に浮かんだ。燃える石炭に明るく照らされたカンバの樹皮が、動物の皮が輝いているように見える。空気は静止していて、池の表面は油のようになめらかに照り返し、油のようにねっとりしているようにも思えた。小さなボートの後ろにできるさざ波の広がり方がいやにゆっくりしていたのだ。あの夜は、物体が進む力に対して水面の抵抗力がいつもより強いかのようだった。池の縁の叢から白い蛾が舞い上がり、ボートのところへひらひら飛んで炎と戯れた。炎はマッチ箱へ伸びて舐め、やがて煙があがり始めた。炎が箱の内側に届いて灯油を染ませた屍衣に触れると、ぱっと輝く密やかな衝撃があって、棺は炎に飲み込まれた。カンバの樹皮はパチパチ音をたて、火花を散らした。それから白っぽい煙が広がったが、ネズミが燃えているのだろうとハワードは思った。水面の炎に照らされてジョージの輪郭が浮かんでいた。可燃物の山はじゅっという音とともに沈み、最後の煙が噴き出し、そして池はまた暗く静かになった。

火葬という言葉がハワードの脳裏に浮かんだ。船首に龍のついた船の甲板で、剣を手にして葬儀の床に横たわり、火をつけられて、風になびく旗のように船尾からパチパチ炎を発し、煌煌と輝きながら暗い波間に押し出されるヴァイキングの王の姿が。

暗闇のなかで横を通り過ぎていく息子の動きを、ハワードは見るというより感じとり、そして少年が木立を抜けて小道を庭へ戻り家に入ってしまうのを聞き耳を立てて待ち、それから自分も歩き始めたが、家へではなく、そこを通り過ぎて道路まで行き、それから向きを変えて、もし家にいる者が気づいても、彼がそう言っておいたとおり夕食後の散歩から戻ったと見えるようにした。家の前まで来ると、ジョージとダーラとマージョリーが食堂のテーブルで宿題をしているのが正面の窓越しに見えた。

借金は蜂蜜で払うぞ！

もし荷馬車が、車輪の上に小屋が乗っかっているかわりに蜂の王国を積んでいたとしたらどうだろう？　一方の側がパネルになっていて、天井とは真鍮の蝶番で繋がっていて、開けたら両端のつっかい棒で支えておける。巣箱をのぞける窓もいくつかある。そこに立って蜂の活動を観察してもらいながら、蜂の習性や勤勉さ、忠誠心について講義するんだ。一人二セント請求すればいい。小さな子供には巣箱をただで見せてやる。学校からはクラス単位で来てもらう、それとも、こちらから学校へ出向いて校庭で店開きするほうがいいかな。花粉用に荷馬車のてっぺんに花壇を作って、窓とは反対側に巣箱への入口を作っておく、そうすれば見物人が蜂の邪魔になることはない。そして荷馬車の後ろには陳列棚を取りつけて、蜂蜜の瓶や蜜蠟や華やかなリボンを結わえた蜂の巣をずらりと並べておいて、講義のあとで聴衆に販売するんだ。側板にはペンキでこう書く。「すばらしいクロス＝蜂《ビーズ》！」

だがしかし冬がやってきて、彼は荷馬車を納屋へ片づけ、そこではネズミと迷いネコが半分凍えて休戦協定を結び、引出しに住みついたのだった。

ジョージが父親の発作を目の当たりにしたのは一度きりで、あとははっきりしない話だけだった。よれよれになって震えながら椅子に座っている父親の上に母親が屈みこんでいる姿を目にすることがあった。父親の髪には唾がとび、顎には血がついていた。父親は座って、鼻で音をたてて荒い息をしながら、まず自分の手のひらを眺め、ついで手の甲を眺めながら拳を握りしめてはまた開く。塹壕で爆弾が炸裂したあとで、自分がまだ生きていてどうやら無傷らしいのがわかって驚いている兵士がやるような仕草だった。発作が起きそうになると父親にはわかり、ジョージの母親の助けを借りていつもなんとか家のなかや庭の、子供たちがいない場所へ行って、発作でのたうちまわる父親の姿を子供たちに見せずにすむようにしていたからだ、ということがジョージにはわかってきた。たまたま子供たちの誰かがそこへやってくると、キャスリーンは抑揚のない静かな声で、もといたところへ戻りなさい、父さんと母さんは忙しいんだから、と言うのだった。たった一度だけ、父親がとてつもなくひどい発作を起こすのを彼と弟と妹たちがじっくり見ることになったのは、一九二六年のクリスマスディナーの折だった。

キャスリーンがクリスマスの食事のために料理した豚の腿肉に、子供たちはあっと驚いた。それまで見たことがないほど大きかったのだ。外側はブラウンシュガーと糖蜜に覆われてぱりっとしている。犬のバディは、こんなに行儀がいいのだから子供たちよりも自分のほうが豚肉をもらうにふさわしいとでも言いたげに、姿勢を正して座った。キャスリーンは犬を追い払おうと脇腹を蹴飛ばしたが、犬は一声鳴いただけで動こうとしなかった。猫のラッセルも部屋に入ってきて、テーブルから離れたところで壁に向かって座り込み、まったく関心がないふりをすればかえって切れ端でももらえるかもしれないとでもいうように、前足を舐めた。

　ハワードはこのときのために、わざわざ肉切りナイフを研いでいた。立ち上がって豚の腿肉の上に屈みこんだ彼は、子供たちと妻に微笑みかけた。妻は顔をしかめると、ジョージにむかって弟を椅子に座らせるよう言いつけ、娘たちには、ちゃんと腰を下ろしていないとスプーンで脚の裏をぶたれるよ、と言った。ハワードが肉塊にナイフを入れると、美味しそうな香りがさらに部屋じゅうに漂い、皆をほとんど陶然とさせた。キャスリーンまでも。しかめっ面は消え失せ、彼女でさえ、一瞬肉塊に感嘆の眼差しを注がずにはいられなかった。しかしハワードが二切れ切り取ると、キャスリーンはいつもの沈着な態度を取り戻し、父親に皿を差し出して自分の分をよそってもらうよう子供たちに指示し始めた。

　ジョージ、ジョーに肉をもらって切ってやって。だめ、もっと小さく。そのまま呑み込もうとして喉を詰まらせるからね。ダーラ、馬鹿な真似はやめなさい。豆を取って回しなさい。ハワード、もっと薄く切って。これで一週間もたせなくちゃならないんだから。家族をちゃんと養うためにもらわなきゃならないお金のかわりに豚の腿でいいだなんて、あんたが考えたおかげでね。

　ハワードはフォークでポテトをすくいあげた。それからサヤインゲンを二つ突き刺し、そして肉も一片。食べ物を口にもっていった彼は、食べずにそこで手を止めた。上下の顎を繋ぐ部分の筋肉が収縮した。ハワードはあえいだ。瞼がひくひくする。眼球がくるっと眼窩の奥に隠れた。ハワードの手からフォークと食べ物が皿にガチャンと落ちた。

母さん、いったい――

ハワードは慌てて立ち上がろうとしたが、座ったまま体をねじ曲げただけに終わり、椅子が尻の下でぐらりと動いた。彼は床に倒れ、その際、隣の椅子の座部で頭を打った。

キャスリーンはマージーに、弟をむこうへ連れていきなさい、と怒鳴り、すでに震えながらドアの近くにかたまっていた年下の三人の子供たちを、ひと突きで部屋の外に押し出すようなそぶりをした。テーブルの角を回ったキャスリーンは、口をぽかんと開けて手に持ったフォークを馬鹿みたいに宙にまっすぐ立て、自分の席に座ったままだったジョージにむかって、片手を突き出した。

ジョージ、そのスプーンをちょうだい。ジョージは母親の顔を見た。ジョージ、スプーンよ。いつものような怒りを含んだ厳しい大声ではなく、優しいと言ってもいい声だった。ジョージはフォークを取り落とすと、ポテトのなかからスプーンを引き抜いた。

ジョージは言った。これ、まだちょっと――

い、い、スプーンを寄越しなさい、ジョージ、とキャスリーンは言った。ジョージの手からスプーンをひったくったキャスリーンは、夫に飛びかかり、胸に馬乗りになった。ハワードはうめき、キャスリーンは夫が舌を嚙み切らないよう、スプーンを横にして木切れ代わりに口にくわえさせた。ハワードはスプーンを嚙みしめ、ジョージは父親の唇がめくれ上がって歯がむき出しになるのを見つめながら思った。まるで骸骨の歯だ。生身の人間の歯じゃない。父さんの歯じゃない。

ジョージ、ここに来てスプーンを押さえててちょうだい。こんなふうに。父親の胸に馬乗りになるのは、ジョージには恐ろしかった。

両手を使って。ぐっと押さえつけるの。父さんが頭を打ちつけないようにするのよ。ジョージは自分が押さえつけている父親の体が震えるのを感じ、きっと裂けてしまうのだ、父さんの体ははじけてしまうのだと思った。

母さん。

あたしは棒を取ってくるから。キャスリーンは部屋から駆け出し、ジョージの耳に母親が台所のテーブルにぶつかって鍋釜類が床に散らばる音が響いた。母親はうめき、ジョージがその朝割ったばかりの焚きつけ用の木片を持って戻ってきた。キャスリーンがジョージとハワードのところへやってきたちょうどそのとき、ハワードの口のなかでスプーンの柄が折れ、ジョージは父親の顔めがけて倒れ込んだ。ジョージは体を支えようとしたのだが、父親の頭の下の床に溜まったぬるぬるする黒っぽい血で手が滑ったのだ。掌の付け根の部分を突っ張って体を起こしたジョージは、父親の口が開き、スプーンの柄の半分を今にも呑み込もうとしていることに気づいた。ジョージがハワードの口に指を突っ込んでスプーンを取り出そうとすると、ハワードはその指をぎゅっと噛んだ。ジョージはうめいた。

自分の指が父親の血まみれの歯に嚙みしめられているのが見えた。

　キャスリーンが低い抑揚のない声で言った。大丈夫よ、ジョージー。大丈夫。この棒を持っててくれる？　棒を持ってて。彼女はハワードの口をこじ開けようとし始めた。あたしが父さんの顎を持つからね、ジョージー。彼女は夫の口を、ばね式のクマの罠を扱うように摑んだ。

　母さんが父さんの口を壊してしまったらどうしよう、とジョージは思った。

　その棒を差し込んで、ジョージー――端をね。差し込むのよ。ぐっと入れて。ハワードの頭が何度も何度も床を打った。ジョージはなんとか棒の端を父の歯のあいだに横からねじ込んだ。キャスリーンはすぐさま棒を握ると、猛烈な勢いでいっそう深く突っ込んだ。そして床に落ちていたシートクッションを見もしないで摑み、床を打ちつける合間を縫って夫の頭の下に押し込んだ。ハワードの足がテーブルの脚を蹴飛ばした。ダーラは戸口に立って悲鳴をあげている。マージーは息苦しそうにあえいでいる。ジョーは甲高い声でわめいていた。

　父さんが壊れちゃった！

　これで大丈夫よ、ジョージー。これでだいたい大丈夫だからね。

　父のブーツが床を蹴り、テーブルの脚を蹴り、テーブルの上のものがぜんぶ飛び上がってはまたガシャンと落ちたり、テーブルから飛び出して床に落ちたり砕け散ったりするので、おそろしく騒々しかった。グラスや食べ物やフォークやナイフが床じゅうに散らばり、犬のバディはクンクン鳴いたり吠えたりし、ジョーとダーラは悲鳴をあげていたが、父はそんなただなかで奇妙に静かで、まるでワイヤーやスプリング、あばら骨や内臓がはじけたり爆発したりほどけたり蝶番が外れたりしているので意識をそちらへ集中している、あるいはそのせいで気もそぞろになっている、といったふうだった。俺の指を噛みちぎりそうにしながら、父は微笑んでいた、というか、微笑んだように思え、しかも微笑みは静かだった。母が父の顎を掴み、俺はあの血まみれの歯のあいだにヒマラヤスギの棒をねじ込んだが、これ以上痛い思いをさせるのがいやで、いっそう気分が悪くなった。そこらじゅうに血を滴らせている俺の指は、手からはずれてだらんとぶら下がっているだけのように思えたが、血がどくどく脈打っているのは感じられた。それに父の顔も口のなかも血だらけだったが、これも俺の血で、父の髪や床に滴った血は、倒れるときに椅子にぶつかってできた父の頭の傷から流れ出た父の血だった。猫のラッセルが耳をぴんと立てた頭を動かしながら、目を大きく見開いて瞳を凝らして血を見つめ、小さな三角形の鼻をひくひくさせてにおいを嗅いでいるのが、なぜか目についた。だが、恐ろしさを感じるかわりに俺はこう思った。そうか、こういうことだったんだな。これでわかったぞ。俺の父親はオオカミ男でもなければ、クマでもなければ、怪物でもない。これで俺は逃げ出せる。

そしてここにキャスリーンが、ベッドに横たわっている。ベッドは焼け跡の情景のように黒っぽい木——枝は黒く、樹液は灰で、夜の闇に伸びた木——の裸の枝々のあいだに据えられている。季節は冬で、冬の風が枝を揺り動かし、それにつれてベッドも動く。季節は冬で、木は鮮やかな葉の外套を脱がされている。季節は冬で、だから彼女は裸の心を抱いて眠れないまま横たわり、もっと豊かな季節のことを思い出そうとしている。あたしだって昔は若い女だったはずだ、と彼女は思う。

彼女が横になっているのはベッドの半分だ。もう半分には眠っている夫の黒々した姿。むこうを向いてぐっすり眠り込んでいる。まるで眠りは別の世界であるかのように。ベッドカバーの上部から見えているのは彼女の顔だけ。その顔は青白い卵のように輝いている。彼女の顔の下、顎の下にたくしこまれているのは、糊付けされ、アイロンのかかった清潔な白いシーツ、きっかり六インチ、均等に折り返されてキルトの上端を覆っている。娘時代、母親から教わったとおりに。彼女は髪をピンで留め、その上から何年もまえに母親が縫ってくれたナイトキャップをかぶっている。髪の長さは腰の下まであるのだが、垂らすのは洗髪のときだけだ——夏は月に二度、冬は月に一度。彼女の髪は金褐色だが、豊かではなくなってきている。頭頂部が薄くなってきているのだ。夫の頭の傷の血が包帯から滲み出て清潔な枕カバーを汚すかもしれないと思うと、怒りがこみ上げる。廊下のむこうのジョージの部屋で、息子が夢うつつでうめくのが聞こえる。指はどれも折れてはいないようだが、ハワードの歯による傷口をきちんと塞ぐには、一、二針縫わなければならないかもしれない。クリスマスだったので、ボックス医師を電話で呼び出すことはできなかった。だから、明日の朝一番でジョージを医師の診療所へ連れていこうと、彼女は決める。

彼女の厳しい態度やユーモアのかけらもない家庭運営によって、子供たちや夫が想像するよりもはるかに深刻な痛恨は覆い隠されている。妻となり、ついで母となったショックから、彼女はまったく立ち直っていないのだ。毎朝子供たちを起こしに行って、ベッドですやすや眠っている子供たちをその日初めて見るたびに、自分の胸に兆す感情が恨みや喪失感であるのが多いことにいまだにうろたえる。そういった感情にぎょっとしては、それを家庭生活の厳しい規律の幾重にも重なった層の下に埋めてきた。妻に、そして母になって十数年のあいだ、軍隊の秩序に近いようなこの家庭運営こそが、じつのところ自分には備わっていないのではないかと彼女がかくも恐れている愛なのだと、半ば自分に信じこませてきたのだ。子供たちの誰かが凍てつく一月の早朝に熱とひどい咳で目を覚ますと、その子の額にキスしてもっとしっかりとくるみこみ、レモン入りの蜂蜜湯を一杯飲ませようと湯を沸かすかわりに、人間はこの世でのうのうとしているようには作られていないよ、もし鼻がぐずぐずいったり首が凝ったりするたびに母さんが休んでいたら、家族の暮らす家は崩壊して、皆、巣のない鳥のようになってしまう、だからさっさと起きて服を着て、兄さんが薪をとってくる手伝いを、姉さんが水を汲んでくる手伝いをしなさい、と言い聞かせ、震える子供から布団をはぎ取り、冷たい服を子供に投げつけて、水をぶっかけられたくなかったら服を着なさい、と言うのだ。少なくとも意識のうえでは、これは愛なのだと彼女は思い込んでいた。これが子供たちを強い人間に育てるいちばんのやり方なのだ。自分の子をこんなふうに扱うのは、石ころに対する程度の絆しか子供たちに感じていないからだなどと思ったりしようものなら、とてもそんな自分では生きていけないだろう。

眠りに落ちながら、飛翔と木立のなかのベッドの夢に半分誘いこまれながら、そろそろ病気の夫のことをなんとかしなくてはと彼女は思う。ジョージの手を診てもらったあとでボックス医師に訊いてみよう、と。

翌朝、彼女は早くに身支度を整えた。窓の内側には霜がつき、太陽の姿はまだ見えなかった。

ハワードが身動きしてたずねた。どうしたんだ？

キャスリーンは答えた。ジョージを医者へ連れていきます。

なんでだ？　どうして？　とハワードは言った。

噛まれたからよ、ハワード。あんたが噛んだから、とキャスリーンは答えた。

ハワードはしゃがれ声で問い返した。噛んだだと？　噛んだ？

一階正面の二部屋が診療所になっているボックス医師の家までは、歩くと二マイルちょっとあった。道の端を歩くキャスリーンとジョージに夜明けが追いついた。母が先に立ち、息子はその後ろから足を引きずって、半分眠りながら、寒さと手の痛みだけを感じつつ歩いた。最初、それは夜の燃えかすのような光だった。ついで、地平線のむこうの赤い光が西から来る雲の下側を照らした。夫のことをボックス医師に話してみようという決意が失せてしまうのではないかとキャスリーンは心配だったのだが、ジョージとともに診療所に近づくにつれて、決意は固くなった。

ボックス医師の家は、道路がウエストコーヴに入る手前の最後のカーブの内側にあった。キャスリーンとジョージは低い坂を越えながら、さほどの病気ではないか時にはまったく病気ではない患者たちが夏場には胸やけを治すチンキ剤やずきずきする魚の目に塗る湿布薬を待つあいだ噂話に花を咲かせるポーチが周囲を取り巻く、二階建ての建物が見えてくるだろうと思っていた。

家はなくなっていた。キャスリーンは歩みを止めてあたりを見回した。夜明けの銅色に染まった雲は前進して、今や石の蓋のように頭上に居座っていた。にわか雪が風に舞った。キャスリーンは確かに正しい場所に立っていて、医師の家は確かに消えていた。家のかわりに、そこには地面に穴があいていた。ボックス医師の地下倉庫だった場所だ。エーテルの瓶や巻いた包帯がキュウリやトマトのピクルスやナシのシロップ漬けの瓶といっしょに並んでいたのに、それが今では何もない溝になって風雨にさらされ、すでに雪や、風に吹かれた冬の残骸が積もっていた。

母さん、どうしたんだろう？　竜巻かな？

新しい土の跡と深い轍がボックス医師の前庭だった部分から道路へ、そしてカーブに沿ってウエストコーヴのほうへと続いていた。キャスリーンは基礎の端に立った。本来の場所に家がないと、かつての裏庭の木立のむこうの湖が見えた。キャスリーンはどうしたらいいものかわからないまま、道路に向き直り、それからまた地面の穴のほうを向いた。ウエストコーヴがそっくり消えてしまっているのかもしれないという恐怖で胸がばくばくした。道路のカーブのむこうへ歩いていったら遠くの湖の縁に何もないむき出しの空き地が見えるのではないか、消えた建物の基礎が点々と口を開け、町ごとごっそり引っこ抜かれて山並みのむこうの北のほうへ引きずられていってしまっているのではなかろうかと。

母さん、聞こえる？

風の後ろから別の音がした。キャスリーンはジョージの怪我していないほうの手を取ると、引っ張って道路へ戻った。見当のつかないごろごろという音がした。彼女は立ち止まって何の音だろうと考えた。雷ではない。列車でもない。じっと立っていると、音とともに地面が微かに揺れているのがわかった。道路がカーブしているところへ向かって彼女はまた歩き始めた。カーブにたどり着く直前で、音が少しはっきりしてきた。男たちが互いに叫びかわすのが、それに、彼女が生まれてこのかた耳にしてきたあの間違えようのない、動物に向かって怒鳴る声が聞こえた。馬具の音が、そして動物が軛《くびき》を引っ張る音がした。それに別の音も──重い材木がこすれ合う音だ。

あっちで何かやってるよ、母さん。ジョージはキャスリーンの手を放すと、先に走っていった。キャスリーンは一度彼の名前を呼んだが、息子の姿はカーブのむこうへ消えてしまった。今や雪は激しくなって、石の色の空から滝のように降ってくる。キャスリーンはスカーフで頭と首を包みなおした。寒かった。足の先がじんじんし、洟水が垂れた。

南から町に近づく誰の目にも見えるあのウエストコーヴの最初の眺めを見たくてたまらない思いで、キャスリーンは角を曲がった。道のカーブは丘の頂上にあって、町を上から見下ろせるのだ。町のむこうには湖が、空との境目へ向かって伸び、冬のあいだは真ん中に四つの島の木立が黒っぽくこぶになっているのを除けば、一面の広大な白い平原となる。この嵐のなかで島が見えるだろうかとキャスリーンは思った。見えないだろうと考えていた。だが、町と湖が見えるかわりに、ボックス医師の家が彼女の目に飛び込んだ。家は道路の中央に鎮座していて、いくつかの木の台車に載せられていた。家と台車の下には大きな丸太が敷かれ、丸太は道沿いに置かれた、鉋《かんな》のかかった厚い角材でできた基部に横に並べられていた。家は一度に一フィートずつ丸太の上を引きずられていた。赤い格子縞のウールのコートを着てつばのある帽子をかぶった男たちが大槌とバールを持って家を取り囲み、四隅であちこち互いに叫び交わしている。平床トラックが家の後ろでエンジンをかけっぱなしにしている。覆われていない荷台には巨大な鉄製のジャッキが四つ積まれていた。ジョージは道路の、家と母親の中間に立っていた。彼は家から母親のほうへ向きなおり、母親はそちらへ片手を伸ばした。彼女は息子のところへ行って手を取り、親子は家と並んで歩いた。道路の端の、ほとんど溝に落ちそうなところばかりを通って。男たちは親子を無視するか、あるいは、キャスリーンのいるほうへ向かってうわの空で一度だけ頭を下げた。前へよろめくたびに、家は角材枠を転がる丸太の上を進んだ。どうしようもないほど時間がかかる作業に違いない、とキャスリーンには瞬時に見て取れた。六フィートか八フィートばかり前に移動させるたびに家をジャッキで持ち上げ、下の丸太を動かして、そのまた下の、家が転がって進む土台となっている角材を取り去って前方に敷きなおさねばならないのだ。

親子が家の正面の角と並ぶと、家は八対の巨大な牡牛に引かれているのがわかった。牡牛は列になって軛で繋がれ、キャスリーンの手首ほど太い鎖で家を引いていた。男がひとり、牛追い鞭を持って列の前から後ろまで行ったり来たりして、罵りながら牛の臀部に鞭をくれている。冷気のなかで、牡牛はあえいで湯気を立てていた。男が怒鳴って鞭でぴしゃりと打つたびに、木や革や鉄が震え、家に繋がっている鎖がかしゃっと張り、二頭ずつ列になった牡牛それぞれが家の重量をぐっと引き、窓をがたがた鳴らし骨組みを揺らしながら、建物が一インチか二インチ、ぎしぎしと前へ動く。そして鞭を持った男が叫ぶ。

ひと休みだぁ、役立たずども。すると、十六頭の動物はいっせいに引くのをやめる。まるでサーカスの芸のようだった。男はエズラ・モレルといって、ジョージの親友レイ・モレルの父親だった。

自宅と仕事場が前進していくちょっと先の道路端に、ボックス医師が立っていた。他の男たちと同じ服装だったが、帽子と眼鏡はもっと上等なものだった。眼鏡は彼の職業を考えれば当然と言えた。なんといっても町の医者には手に入る最上の目が必要なのだ。帽子は彼のたった一つの公然たる贅沢、彼が自分に許している唯一の、ウエストコーヴにおける地位の象徴だった。それはロンドンの店の製品で、その店には木でできた彼の頭の正確な複製があって、毎年新しい帽子を、何千マイルも離れている本物の頭のかわりにその複製に合わせて作るのだと、ボックス医師は好んで話した。（聴診器や舌圧子が見当たらないと、頭を間違えたかな、と彼は言うのだった——本物の頭はロンドンで、木のやつがウエストコーヴにあるのだと。）それ以外は、彼も同じ赤い格子縞のウールのコートと、同じ黒っぽいウールのズボン、編上げが膝のあたりまでくる、同じごついブーツを履いていた。彼はパイプをくわえて嚙んでいたが、ときどきそれを口から出しては、その調子だ、諸君！　おい、気をつけてくれよ、君たち。お城に何かあったら、私はボックス母さんに皮をはがれちまうからな！　と叫んでいた。キャスリーンとジョージがやってくるのを見ると、医師はわざとらしく後ろに下がってちょっとお辞儀し、自分の前の空間で片手をさっと横に振って、お通り下さいとキャスリーンに示し、それからぱっと気をつけの姿勢をとってジョージに敬礼した。

さあどうぞ、奥さま。さあどうぞ、軍曹。ちょっと司令部を前線に近づけてるんでね！

お邪魔してすみません、先生、とキャスリーンは言った。ジョージの後ろに立って、両手を息子の肩に置いている。じつはその、昨日――

ボックス医師はパイプを口から引っこ抜くと、大きな、ちょっと染みのついた歯を嚙み合わせて、医者として聞いているということを示した。だがキャスリーンが話を続けるまえに、医師はジョージの包帯を巻いた手に気づいた。

なるほど、兵隊さん、任務遂行中に負傷したってわけだね。ちょっと診てみよう。

キャスリーンに促されて一歩前へ出たジョージは、恥ずかしそうに医師に手を委ねた。

心配ないよ、軍曹、そっとやるからな。ボックス医師はしゃがんで包帯を解いた。穴がいくつか開いているのを見ると、医師はジョージの手を二度ひっくり返しては戻し、口笛を吹いて言った。犬にやられたな、兵隊さん、ええ？　ジョージは母親の顔を見た。

キャスリーンは言った。あの、事故だったんです。まさか――

一番深い傷は一針二針縫わなくちゃならんだろうなあ、と医師は言った。骨は折れてないが、しばらくのあいだずきずきするぞ。おそらくその痛みはもっと長く残るだろう、もしかすると君が年寄りになってからも。どこの犬だ？　狂犬病に気をつけておかないと。

キャスリーンが口を開いた。それなんですよ、先生。できればあの――。先生と、その――。医師はジョージの手から目をあげた。

ああ、もちろんかまいませんよ、奥さん。もちろん。医師はジョージの手にまた包帯を巻いた。ねえ軍曹、と医師はジョージに言った。私は君のお母さんとちょっと話があるんだ、だから君を暖かいところへ連れていってあげよう。ダン！　ダニー！　医師はジョージの背中に手を当て、エンジンをかけっぱなしにしているトラックのほうへ導いた。運転席側の窓が開いていて、ハンドルの前には男がひとり座り、運転席から頭を突き出して煙草を吸っている。医師に名前を呼ばれて、男は顔を上げた。

おいダニー、窓を閉めてこの兵隊さんをそこで温かくさせてやってくれ。任務遂行中に負傷したんだ！

ダン・クーパーというその男は煙草をくわえた口元をきゅっとすぼめると、頭を運転席のなかに引っ込めた。彼は窓を閉めてトラックのドアを開け、外へ降りた。

好きに使ってくれ、先生、と彼は言った。

さあさあ。そうだ、軍曹、と医師は言いながら、ジョージに手を貸して助手席に座らせた。ここでちょっと時間をつぶしていてくれ、お母さんとの用事はすぐに済ませるからね。

トラックの運転席はたちまち暖かくなった。座席はひび割れした茶色い革で覆われていた。コートの尻の下に座席の壊れたスプリングがあるのがジョージには感じられた。運転席とのあいだには、古い説明書や新聞や、とっくの昔に蒸発してしまったコーヒーの滓が線になってこびりついたマグカップが散乱している。ガラスが曇ってきて、ジョージが見守る男たちや牡牛や移動する家は、銀色の靄のなかの幻になった。彼は父親から聞いた幽霊船の話を思い出した。百年もまえに沖合の岩場で沈没したのに、霧のかかった夜にはいまだに不運な乗組員の嘆く声や竜骨の砕ける音が聞こえるというのだ。

キャスリーンと医師は十分間話をし、その終わり頃に母親がうなだれて両手で顔を覆うのをジョージは目にした。それまで母が泣くのを見たことは一度もなく、それが父に関することでしかも容易ならぬことなのだと、ジョージは悟った。ボックス医師はキャスリーンを片腕で抱き寄せ、背中を二度軽く叩き、それから体を離した。医師はトラックに向かって歩いてきた。ジョージはガラス越しに医師のむこうにいるぼやけた母親の姿に目をやった。母はコートの袖で顔を拭うと、雪といっしょに嘆きを払い落とそうとするかのように身震いした。彼女はちょっとの間、顔を空に向けた。ボックス医師はトラックのドアを摑んで開け、ジョージに敬礼した。

よし、軍曹、我々はまず町に向かう、着いたら君をまた戦えるようにしてやるからな。

ジョージはトラックから降り、母のところへ行った。母親の顔は紅潮し、目は真っ赤だった。彼女はジョージに微笑みかけて、息子の手を握った。

大丈夫よ、ジョージー、と母は言った。ジョージは初めて母親がまだ若い女であることに気づいた。ボックス医師は、トラックの自分の席に戻ったダン・クーパーと他の二人の男とともに何やら相談し、それからキャスリーンとジョージのところへ戻ってきた。

兵士諸君、用意はいいかね？

キャスリーンが答えた。なんだか悲しくなっちゃって――先生のお宅が道の真ん中にあるだなんて。彼女はまた泣き出した。

ああ、クロスビーさん、かわいそうに。さあ、さあ。我々でなんとかしなけりゃならんのです。そろそろなんとかしなければね。我々ですべて始末をつけるんです。

キャスリーンは心を乱しながら薪を割った。ハワードはまだ巡回中だ。女の子たちは居間でニードルポイント刺繡をしながらジョーを見張っていて、ジョーは彼が一家のペット扱いしているクマの毛皮の敷物ウルスラとおしゃべりしていた。ジョージは二階のキャスリーンとハワードのベッドで寝ている。風は相変わらず吹き荒れていた。でも暗くなったら和らいで静まる、とキャスリーンは思った。相変わらず風には雪も混じっていた。優しく、鋭く。太陽は沈みかけていた。裏の空き地のむこうのブナの木立に沈みながら、木々の梢を照らし、動脈のように伸びる裸の枝が光でできた脳の周囲の黒い血管の網に変わるのだ。ほっそりした幹のてっぺんに生えた発光する器官の重みで、木々はぐったりしていた。脳は互いに囁き交わしていた。彼らは思いを秘め、冬の知恵を持っていた――黄昏の、金属質の青のなかで燃えあがる、束の間の、つややかな、冷たい、緋色と乳白色の知性を。そして彼らは消えてしまう。空や木立から光が引いていって西の地平線の一点に集まり、そこで地面に呑みこまれるように見えた。木々の枝は、それほどは暗くない夕闇を背景に漆黒だった。キャスリーンは思った。ハワードの脳みたいだ――明るく照らされて、消耗して、それから暗くなる。あまりにあかあかと照らされて。頭脳にはどのくらいの光が必要なのだろう？　必要があるんだろうか？　ランプがいっぱいの部屋みたいだ。光でいっぱいの脳みたいだ。彼女はコートのポケットを叩いて、バンゴアの「美しいペノブスコット川を見晴らすヘパティカ・ヒル」の頂上に位置するメイン州東部州立病院の折りたたまれた案内パンフレットがあるか確かめた。ボックス医師からそのパンフレットを渡されたとき、彼女の頭に最初に浮かんだのは、その病院がもともとはメイン州東部精神病院と呼ばれていたという記憶だった。だが、パンフレットに載っている写真に写っているのは、清潔な部屋や、広々とした日当たりのいい敷地内、彼女には高級ホテルのように見える四つの翼がある巨大なレンガ造りの建物だった。ホテルだと考えると、非情というよりは慈悲に思え、煌煌と輝きながら漏れ出て消えてゆく脳だらけの急に異界となった裏庭にいると、病院は暖かく安全な隠れ家に思え、彼女は自分が、氷でできた惑星の腹を空かせて半分凍えた旅人で、丘を越えたら、どの窓にも明かりがつき煙突からは煙が流れている建物が目に入り、そこでは人々が集って、見知らぬ者同士が感謝しつつこの避難所で生活をともにしていることから生じる夢のような喜びに浸って心地よく過ごしている、そんな空想にふけった。パンフレットはコートのどちら側のポケットにもなく、ジョージを自分たちのベッドに寝かせたときに部屋のどこかに置いてきてしまったに違いないとキャスリーンは気づいた。

ジョージは両親のベッドの上で寝ていた。嚙まれた手を守るように体を丸めていた。手に巻かれた包帯はきつく、浅い眠りのなかで、手は黒い犬の口にくわえられていた。犬はジョージの目を覗き込み、手を引き抜こうとしたら犬は嚙むだろうとジョージにはわかった。犬は決して動こうとしなかった。犬は疲れることもなければ、食べたり眠ったりする必要もなく、自分はもう二度と動けないのだ、この先一生、手を犬の口にくわえられたまじっと座っているしかないのだと思い、ジョージは震えあがった。彼はあわててしまい、反射的に手を引き抜いた。犬の顎が罠のようにぱくんと動き、嚙まれた最初の圧力で彼ははっとして目を覚ました。彼は母を求めて泣き声をあげた。部屋は寒く、窓の藍色があまりに薄暗いので、光ではなく寒さそれ自体のように思え、その寒さが唯一暖かであるベッドと彼の体とのあいだに押し入ってくるような気がした。ジョージは身震いしてまた泣き声をあげ、いっそう深くベッドに体を埋めようとしたが、掛け布団の上に寝ていたので温まることはできなかった。ああ、母ちゃん、と彼はうめき、片肘をついて体を起こした。

噛まれた手を見た。包帯は発光しているように見え、部屋の最後の光はそこから発しているのかもしれないと思えた。包帯の下で手のひらの血が脈打っているのがジョージには感じられた。手はずきずきした。また母親を呼びたくなったが、庭からカツーン、カツーンという手斧の音が聞こえてきた。暗く寒いなかで、その音はまるで彼の母親が木ではなく岩に切りつけているかのように聞こえ、犬の夢の名残もあって、彼は突然、この先一生、手を噛み砕かれたままベッドの上でなすすべもなく凍えて、黒い氷のガラスをはめた窓のむこうから母親が益体もなく岩に切りつけている音に聞き入っていなければならないのではないか、という思いにとらわれた。彼にいちばん必要なのは、母の暖かい膝に丸くなって、母の暖かい両手に顔を挟まれて、何も心配することはないんだよと穏やかで静かな声で優しく慰めてもらうことなのに。だがジョージは上体をまっすぐに起こすと、ベッド脇から両脚を振り下ろした。彼は立ち上がり、太い毛糸で編んだ敷物の端やはぐれた靴の片方につまずかないよう確かめながら、真っ暗な床の上を前へ向かって一歩足を滑らせた。彼はすり足でドアのあるほうへ向かった。川でも渡っているみたいに噛まれた手をだらんと頭上に掲げ、怪我していないほうの手で暗闇を探るうちに、ドアの左側にある母親の簞笥の角に手が触れた。ドアを開けるといっそう暗い闇が口を開けた。危険を冒して廊下から階段へ出てみるかわりに、ジョージは簞笥の天板を指で軽く叩いていき、ランプを探り当てた。ガラス部分を持ち上げて下へ置き、今度はマッチ箱を手で探る。噛まれた手の親指の付け根でマッチ箱を腹に押しつけておいて、マッチを擦る。箪笥の天板が浮かび、マッチを持った彼の姿がランプのガラスに浮かんだ。ランプの横にはパンフレットがあった。彼には学校のように見える建物の写真がついていて、メイン州東部州立病院とあった。ボックス医師がジョージの手を縫ったあとで（たった四針で、最初は痛くなかった）母に渡していたのはこれだったのだとジョージは気づいた。建物の写真の下には「メイン州北部および東部の精神異常者および精神薄弱者のための介護施設」という説明文があった。ジョージがマッチをランプの芯にくっつけると、光が膨らみ、部屋を満たした。液体のような光によって、家具や壁や床や天井やジョージの目はくっきり個々のものとなった。彼はパンフレットを開いて読み始めた。「患者は当病院で、精神病を深刻化させることがきわめて多い現代社会の狂乱から解放されてほっとします。患者は水治療法や長時間にわたる安静臥床、農作物の取入れ、豚の世話を楽しみます。また、家具の製作・修理や洗濯……」

それはあんたには関係ないことよ、ジョージ。そろそろ下で夕食の時間よ。キャスリーンが、ジョージの気づかないうちに二階へ来ていたのだった。母親に話しかけられてジョージはぎょっとし、急に頭や首や脚や腕がぜんぶ痛くなり、熱があるような気がした。パンフレットを読んでいるのを見つかったこと、本来自分が知っているべきでさえないことなのにそれが何を意味するのかわかっていることについて、息子がきまり悪く思っているのを、キャスリーンは見て取った。彼女もまた、どっとその一日の重みがのしかかってくるようで、寒気と空腹と苛立ちに襲われた。

あたしの箪笥をひっかきまわさないで、と彼女は言った。パンフレットをジョージの手からひったくると、息子を自分の部屋から追い出して階段へ向かわせた。さあ、弟を食卓につかせて、皆のコップに牛乳を注いでおくよう妹たちに言いなさい。行きなさい。

はい、母さん。ジョージはわっと泣きそうになるのをこらえた。彼は階下へ行った。

キャスリーンはパンフレットを半分に折ると、ウールの靴下に突っ込み、それを箪笥のいちばん下の引出しの奥のセーターの下に押しこんだ。


その夜、キャスリーンと子供たちはハワードを交えずに夕食をとった。七時にはまだ巡回から戻っていなかったのだ。食事のあと、キャスリーンは薪ストーブの横の揺り椅子に座って、ジョーのオーバーオールを繕い始めた。ダーラとマージーは二つの人形をスーザン・B・アンソニー（著名な婦人参政権論者）とベッツィ・ロス（最初のアメリカ国旗を作ったと言われる女性）ということにして、ジョージ・ワシントンとアンドリュー・ジャクソンのお茶の支度をさせて遊んだ。ダーラはスーザン・B・アンソニーに、すでにテーブルについてティーセットを再確認していたベッツィ・ロスの頭上を飛び越えさせた。

ダーラはスーザン・B・アンソニーに、ベッツィ・ロスに向かって会釈させ、新年おめでとう、ベッツィ！　と言わせた。

マージーはベッツィ・ロスを立たせ、膝を曲げる正式なお辞儀をさせた。一九二七年おめでとう、アンソニーさん！

ダーラは、違うわ、マージー、一七七六年よ、と言った。

ジョージはソファに座って、『マッチ売りの少年マーク（貧しい少年の成功物語を多数執筆した人気作家ホレイショ・アルジャー著）』という本を怪我したほうの手で膝に開き、もう片方の手にはリンゴを持っていた。彼は活字を見つめていたが、読んではいなかった。自分に噛みつき、そして精神病院へ入れられようとしている狂人である父親のことを考えていた。弟のジョーも、遅かれ早かれ精神病院へ送られるのではないかという考えが、ふと彼の頭をよぎった。

ずっと以前から、由来不明の古いクマの毛皮の敷物が居間の片隅に置かれていた。寒い夜、家族が居間に集まると、ときどき子供たちがその上に座ってはサーカスのクマに乗っているふりをした。ハワードはその敷物にウルスラという名前をつけていた。ぼろぼろのみすぼらしい代物で、鼻づらから眼窩のあいだにかけて禿げていて、眼窩にはもとはガラスの目玉がはめこまれていたものか、あるいは空っぽのままだったのかもしれない。まえの冬にジョージが眼窩にビー玉を入れた。片方は金色が散ったミルキーグリーン、もう片方は黒曜石のような黒だった。黒い目は雌クマを生きているように見せた。ミルキーグリーンの目は雌クマを半盲のように見せていた。あるいは、片方の目で別世界を見ているかのように。グリーンのなかの金色のきらめきが、水晶体が混濁したなかで小さな星の渦が回っているように見えるのだ。ジョージはリンゴを一口齧ってジョーを見つめた。弟は敷物に飛び乗ってクマにまたがるふりをし、それから振り落とされたかのように転がり落ちる。

ジョー、騒ぐのはやめなさい、とキャスリーンが声をかけた。

ジョーはにこにこして跳ね起き、ジョージのほうへやってきた。彼は後ろの敷物を指さすと言った。ねえジョージ、あのウルスラったら、僕のこと噛もうとしてるみたいだよ！

ジョージは土曜日まで待って家出した。プリンス・エドワードを父親の荷馬車に繫ぎ、動物と荷馬車を道路へ出した。手綱をしっかりと握り、ラバのすぐ横を歩いて小声でせかしたりたしなめたりしながら。家から見えないところまで来ると、荷馬車に乗りこんで手綱をぴしっと鳴らし、そうら、はいし、と声をかけた。父親ならば革ひもを軽く打ち鳴らし、舌と奥歯で音をたてるだけなのだが、友人であるレイ・モレルの父親は、ジョージがこれまで聞いたことのない、この先も二度と聞くことはなさそうな妙な訛りでしゃべり、完全に保存された——いや、保存されているどころかいまだ現実である——前世紀を包みこんでいる霧の塊から出てきたように思える人物だった。レイの父親エズラは牡牛を十六頭所有していた。牛を追い立てるとき、彼は、そうら、はいし、はいし、とか、それいけ、おまいら、とか声をかけた。「おまいら」なんて言葉を口にするのはジョージの知るかぎりモレルさんだけだった。

　というわけでジョージは、そうら、はいし、と声をかけ、プリンス・エドワードはほとんど気にも留めずに、これはいつもの道順ではなく、いつもの御者でもなく、いつもの合図でもないのはわかっているんだぞと示すかのように、いつもよりちょっとゆっくりした足取りで歩き始めた。よく晴れた週末の朝、ラバはやる気がないし、大きな荷馬車がゆっくりと進むためにいっそう重く感じられるしで、ジョージがなんとなく抱いていたスピードとか逃走とか追跡とか脱出とかいったイメージは、薄らいでしまった。前の日学校で、飛ぶように過ぎ去る木々、幹がつぎつぎと流れていき、光がチカチカし、といった情景を彼は脳裏に描いていたのだ。猟犬が唸りながら先を争って水辺のアシやガマの茂みのあいだを進み、一団が通り過ぎると、茂みが分かれ、半分水に浸った彼自身が動物のように用心深くすばしっこそうな顔をのぞかせる、などと想像していた。ところがこうして、家のように大きくトルコのシンバルが詰まったスーツケースのように騒がしい音をたてる荷馬車に乗って、日の光をさんさんと浴びながらのろのろ進んでいるのだ。彼は初めて、あのいくつもの引出しには何が入っているのだろうと思った。荷馬車に積まれた商品について自分は漠然としか知らないということにジョージは気づいた――ブラシ、モップ、鍋、パイプ、靴下、サスペンダー、磨き剤――荷馬車のことを考えるといつも思い浮かぶのはこの単一のイメージだった。まるで道路標識とか広告板とか宣伝のように浮かんでくる――

単純で、すべてを網羅し、そして、今気づいたのだが、通りいっぺんで歪められている。彼は荷馬車の横腹を見つめた。あの引出しが何の木でできているのかさえ俺にはわからない、と彼は思った。

友人のレイ・モレルの農場へ続く脇道のところへ来ると、ジョージは無意識にその道へ入った。彼は元の乾燥調製小屋の近くまで来ていた。今では道具小屋になっている、というか、少なくとも雑多な厚板や、木や鉄の輪や柄や刃など、どれも裂けたりすり減ったり鈍ったりしてもはや役には立たなくなり、つましく貧しい農民たちの暮らすこの地域でももっともつましい農民であるレイの父親でさえ、釘や紐やハンマーを使ってもとに戻してなんとかもう一度その木片なり金属片なりに行なえるとされている用途に供することができなくなった、もはや使い道のないものをしまう小屋となっていた。乾燥小屋は、幹線道路（この、町から遠く離れた場所では、これまた砂利道だったが、しっかり固めて整備された砂利道だった）からモレルの家へ通じる砂利道沿いのべつの脇道の端にあった。ジョージは二つの角を無意識に曲がったのだ。乾燥小屋は、彼とレイ・モレルがレイの父親の手伝い——牛の乳を搾ったり庭を掃いたり、いちばん多いのがレイの父親の巨大な牡牛を軛からはずし、餌をやり、点検する——を済ませたあとで煙草を吸ったりクリベッジをしたり話をしたり冗談を言ったりする場所だった。

（レイ・モレルは十二歳にしてすでに清廉かつ気難しい老いた独身男の雰囲気を漂わせ

ていた。記念硬貨や卓越風のことに詳しく、彼の父親がいつも地下室の階段の下に一瓶隠しているテレピン油のような自家製ジンをすでにして好んでいる、そんな雰囲気を。そして、もっとよいものを気軽に買える金ができてからもずっと、レイは見つけられるかぎり最も粗悪なジンを買い続け、しまいに肥大した肝臓がやられてしまったのだった。安酒好きは貧しい自作農の子供としての身に染みついた倹約癖のせいだと人に思わせておくのを好んでいたが、実際は、壁板の隙間から埃っぽい陽光の刃が突き刺さる古ぼけた乾燥小屋で、学校から帰った午後、無二の親友であるジョージ・ワシントン・クロスビーと塗料用シンナーの代わりとしても使えそうな安酒を飲んだ思い出に、いつまでも変わらず心を和まされていたからだった。）

エズラは、郡内全域で、そして郡外でも、何か重いものを引っ張るときに呼ぶべき男として知られていた。これは数多くの露骨なジョークの源となっていた。彼の牡牛はいちばん小さなものでも、立ったときに肩のところまで六フィート足らずあった。いちばん大きなものは七フィート半を越えていた。牡牛は彼が情熱を傾ける二つのもののひとつだった。もうひとつは野球で、毎週新聞で結果を確かめ、ボックススコアをほとんど暗記していて、畑を耕したり轆をふるって牛の一団（彼は牡牛を二頭からまるまる十六頭まで二頭一組で貸し出していて、必ず自分で監督した）を駆り立てたりしながら、ひとりでぶつぶつ声に出して打率や打点や防御率を呟くのだが、傍で聞いていると、でたらめな数字の連続にしか思えなかった。エズラ・モレルにとって頭のなかで反芻するのがもっとも楽しい統計値は選手の打率で、新しい牡牛を手に入れるたびに、彼はその牛にアメリカンリーグの最新の首位打者の名前をつけた。かくして、彼が鞭を打ち鳴らす際には、エド・デレハンティやエルマー・フリック、ジョージ・ストーン、トリス・スピーカー、ジョージ・シスラー、ハリー・ハイルマン、ベーブ・ルース、三頭いるナポレオン・ラジョイあるいは六頭いるタイ・カッブ（各首位打者よりも彼が所有する牡牛のほうが多かったので、名前が尽きると、彼はまた初めから、同じ選手が勝ったべつの年度の牛にその名前をつけたのだ）のどれかが罵られているのが聞こえた。はいし、ナポレオン一号、おまい、ぐっと体重をかけろ、とエズラは怒鳴る。そんななあ四割二分二厘の力にはなってないぞ！　他の野球ファンと違って、エズラは他人と試合の話をするのはまったく好まなかった。最近の遠征で偉大なるカッブはどんな調子だったかと息子が思いきってたずねると、エズラは少年の耳をひっぱたき、偉大なるカッブ三号はまた自分の仕切りをクソだらけにしてるぞ、このおしゃべりなチビめ、と言った。さっさと掃除してこい、でないと餌やりが遅れるぞ。

ジョージはプリンス・エドワードを小屋の前の木に繋いだ。小屋のなかは外よりも寒く感じられた。壁の丸太のあいだの隙間や、外側の屋根板が緩んで吹き飛ばされてしまった屋根の継ぎ目から日の光が差し込んでいる。屋根から流れこむ光は床に長方形を描き、それがずっしりした垂木によって乱されていた。垂木の何本かにはまだ乾燥用のフックがぶらさがっている。ある垂木と支持梁の湾曲部分には、放棄されたツバメの巣があった。巣の下の床には埃をかぶった糞の山が残っていた。

ジョージは小屋のなかにたたずんだ。家出するとしたら、ここは来るべき場所ではなかったということに急に気づいたのだ。家出というのは遠くへ出ていくことだ。彼は一度も遠くへ行ったことがなかった。遠くというのはフランス革命とか、サムター要塞とか、ローマ帝国のことだった。たぶん、南へ三百マイルのボストンとかも。ここととボストンとのあいだの三百マイルに何があるのか、彼には想像もつかなかった。

ジョージは、それぞれが腰を下ろしてジョージが家から持ち出したクリベッジ・ボードをあいだに置けるようにレイと二人で並べた、三つの釘の樽の隣にある、灰と煙草の吸殻の山を突いた。まだ二口、三口吸えそうな吸殻がひとつ見つかった。彼はそのいちばん端をつまんだ。マッチがない。彼は煙草をまた山に放り投げた。

小屋の反対側の壁にはドアが縦長に立てかけてあった。ずっと以前に焼失した元のバドゥン家にあったものだ。それはとてつもなく大きかった。二インチの厚みのあるオーク材でできている。蝶番と取っ手はたたき切られていた。小屋の内側に向いている面は焼け焦げて筋がついていた。ジョージとレイが小屋に座り込んで、なんであれ手に入ったものを、五分五分の確率で煙草だったりトウモロコシの皮を巻いたものだったりしたが、それを吸いながらジョージが自分の家から盗み出したボードを使ってクリベッジをする際に、二人が語るお気に入りの話が〇六年の冬の話だった。あのときは雪が十二フィートも積もり、太陽は三か月間顔を出さず、バドゥンは頭がおかしくなり、大きな斧を家に持って入って家具をぜんぶぶち壊し、破壊したものをすべてまとめて居間の真ん中に積み上げ、まんべんなく灯油を浴びせて、マッチで火をつけたのだ。ドアの切り傷はバドゥンによるものではなかった。ドアをたたき切ってバドゥンの妻子のところへ行こうとしたボランティア消防士と近隣の人々（両者は同一だった。それぞれが近隣の住民であり、ボランティア消防士だったのだ、火と戦っているのであれば消防士なのだから）がつけたものだった。ドアは分厚すぎるから、窓か裏口から入ることを試みたほうがいいと皆が気づいた頃には、火の勢いが激しくなりすぎてなすすべがなく、ポーチから飛び降りるしかなかった。そして、ちょうど彼らがこのことに気づいたとき、ドアが破れないと一同が悟ったそのときに、家のなかで何かが爆発し、ドアは蝶番のところからもぎ取られて、前にいた男たちを蹴散らしながら外へ吹っ飛び、男たちもドアも正面の通路へと着地した。男たちは地面の上に、ドアは男たちの上に——今小屋の内側に向けられている、焼け焦げて煙を吹きだしていた面が。だが、じつはこの話が繰り返し語られるのには理由があった。火がようやく消えて、一同は遺体を発見、トム・バドゥンの死骸は台所にあったが、他にも大人が一人（女性、と断定された）と子供が二人、バドゥンの大きなダブルベッドの鉄枠に囲まれて（マットレスもシーツも毛布も燃え尽きてしまっていた）、昼寝でもしていたかのように穏やかにのどかに互いに寄り添ったまま焼かれて、ぶすぶすくすぶるカリカリの物体となっていた。皆はそれをバドゥンの妻子だと思い、町は葬式の準備を始め、ポッター氏が棺を作るために黒焦げの死骸をどうにかこうにか測ったりしていたときに、バドゥンの妻と子供たちがウースターから姿を現わしたのだ。その地に住む夫人の母親を訪ねていたのだった。トム・バドゥンが発狂して何もかも燃やしてしまったあの午後、バドゥンの家で眠っていた女と子供たちの身元は、誰にもわからずじまいだった。

ジョージはドアの後ろに潜りこんで、横になった。噛まれた手を冷たい木に当てて、それが熱く焼け焦げているところを想像してみた。すさまじい炎を食いとめているさまを思い描く。炎はドアを連打し、焦がし、後ろにそそり立って吹きつけ、蝶番をがたがたにする。炎がドアの向こう側を激しく打つ。ジョージは手を膝へ下げた。拳を握ってみた。まだ痛んで完全には握りしめられない。またも彼は、まず父親がこの地上から消えてくれたら――死ぬのでもなく、収容されてしまうのでもなく、ただ奇跡のように突然いなくなってくれたら――と願いはじめ、ついで、父親自身が子供となって自分の父親に噛まれてくれたらいい、そうすれば自分の父親に襲われるのがどれほどおぞましいことか我が身で経験できるだろうに、と思った。まる一週間というもの、ジョージの気持ちはこの二つの思いのあいだを行ったり来たりしていたのだ。実際に父親の顔を見ているときはべつとして。あの週は、あれ以来ずっと父親は家にいないことが多く、家にいるときには蹴飛ばされた犬のように、壁際の隅のほうの、戸口を入ったところから動かなかった。家にいる父親を目にするたびに、ジョージは狂人の父親を持ったことに腹が立って泣きたくなるのをこらえねばならなかった。彼はその父親を愛し、憐み、憎んでいたのだ。彼は傷ついた手をコートのなかに入れて眠りに落ちた。半分開いた口から出る吐息は小さな雲になり、弱々しく昇っていってはドアの裏面にあたって散り散りになった。

キャスリーンはハワードに、ジョージが家出したと告げた。

なんでわかるんだ？　と彼はたずねた。

ジョーをひとりで道具小屋に残していったのよ。薪も割ってないし。水も汲んでないし。ダーラの計算も手伝ってやってないし。あの子、プリンス・エドワードとあんたの荷馬車を取ってったわ。

それほど遠くには行かんだろう、と彼は言った。行ってくれたらいいんだが、と彼は思った。

荷馬車なしで、いったい今日は何を売るつもり？　と彼女は訊いた。

キャスリーン、と彼は言った。

レヴァンセラーさんちからレディ・ゴダイヴァを借りたらいいわ。あの子、二マイル行くのがせいぜいよ。

キャスリーン、と彼は言った。だが、彼女はすでに歩きだしていた。家をぐるっとまわって、湯気をたてている泡だらけの湯と衣類でいっぱいのブリキの洗濯用たらいのところへ戻ろうと。


ジョージが家出したらしいんだ。

ほほう。

ほんとなんだ。

へえ、俺はないな。

俺だってない。

二人の男は空を見上げ、それから汚れた雪に囲まれた、ニワトリがそっくりかえって歩きながら餌をついばんでいる土がむき出しの庭に目を落とした。ジャック・レヴァンセラーは唇をすぼめると、口からふうっとひと吹きした。

ハワードはレヴァンセラーの家畜小屋のほうを見た。それはむしろ、ジャック・レヴァンセラーが娘のエミリーに買ってやった老いぼれ馬を入れるために用意した大きな車庫という趣だった。娘はどうしても馬を欲しがり、泣いたり、食事時に、ジャガイモなんかいらない、あたしは馬が欲しいの！　とだだをこねたりを一週間続け、しまいに父親は十二歳の少女の芝居がかった言動をそれ以上我慢できなくなり、デクスターの馬牧場へ出かけて、そこにいるいちばん安くて、いちばん疲れ果ててぜいぜいいってるやつを、六ドルで買ったのだ。娘は、洟を垂らして耳はかさぶただらけ、肋骨が樽板みたいにくっきり見えていて骨盤も浮き出た馬を見るなり、何よ、それ！ と金切り声をあげた。すると父親は、お前の馬だよ、腹が減ってるみたいだ、それに寒そうだし、と言った。それは本当だった。六月の終わりで、二十七度近くあったというのに、馬は震えているように見えた。ジャックは馬の骨ばった尻をひっぱたき、毛がかなり抜けていることに気づき、そしてまた雌であることにも気づいて、こう言った。これはお前の馬で、名前はレディ・ゴダイヴァだ。さあ、バケツに水を一杯と、まぐさもちょっと、それにあの古い青の毛布を持ってきて、お前の新しい馬の世話を始めるんだ。エミリーは、そんな気色悪いのなんか、要らない！ そんなのぜったい乗れもしないに決まってる！ とわめいた。そして娘は、その惨めな動物とは一切かかわりたくないと断言し、かくして自分の地所に連れてきたその瞬間から馬は父親が世話することとなり、耳を傾けてくれる相手なら誰にでも、馬が死ぬ気になってくれるまで費やす時間とオート麦のことを考えたら、あいつのおかげで六ドルどころじゃない損害だと愚痴をこぼしていたのだった。

　ハワードは切り出した。レディ・ゴダイヴァを——

　ジャックは言った。あれは一日一ドルだ。

一ドル、とハワード。

それにオート麦、とジャック。

それにオート麦。

二人の男は自分たちの手を見つめ、ニワトリを見つめた。

なら、歩いてもいいかな。

そうだな。

じゃあ、邪魔したな、ジャック。

いいってことよ、ハワード。

ハワードは、レヴァンセラーにレディ・ゴダイヴァの借り賃として一日一ドルを要求され、歩くことにしたとキャスリーンに話すことはしないで、自分の家を通り過ぎた。キャスリーンは彼を引き返させるだろう、たとえ一ドルという金が、ブラシやヘアピンの代価をカレンに払い、それから一ペニーか二ペニーの利子を払ったあと、大半の日に彼の稼ぎとなる額の二倍だとしても。彼は我が家を通り過ぎた。冬草と雪の巣のなかに鎮座している家の、丈の高い正面の窓や、ぼろぼろ剝げ落ちる灰色のペンキや、ペンキを塗っていない腐りかけの鎧戸の横を。外は明るく、中は暗かったが、横を通るときに彼は眩しい光を遮りながら食堂を覗きこんだ。見えたのはテーブルと誰も座っていない椅子だけだった。


家が見えないところまでハワードが行ってしまうと、キャスリーンは洗濯の手を止めてエプロンの前で手を拭い、家のなかに入る。自分の部屋へ行くのを隠す必要などないのだが、忍び足で階段を上って寝室へと向かう。自室に入って、箪笥のいちばん下の引出しを開ける。箪笥は戸口のすぐ隣にある。彼女は引出しの奥を探り、精神病院のパンフレットを隠したウールの靴下を引っ張り出す。靴下からパンフレットを出し、見もしないで、箪笥の上の角のところに丸見えの状態で置き、洗濯に戻る。

　ハワードは息子を苦もなく見つけた。荷馬車とラバが通った新しい跡が庭から、町と離れたほうへ向かって残されていたのだ。ハワードは道路を歩きながら、新雪から冬の雑草が突き出しているのを眺めた。ハワードがこれまで気づいていた以上にさまざまなものがあった。はじけた莢の紙のように薄い殻や、棘や、円錐花序の端の白っぽい節。霜のなかで窒息したかのように先端を雪に埋めて曲がり、背中が折れているものもあった。茎と枝とつる植物が網状に繋がったものは骨格のようで、繊細な骨をもつ昆虫のような絶滅した生物の化石がある場所みたいに見えた。そして、こういう骨は皆、太陽や土によって元の自然なままの白から茶色に変色し、かつての本当の姿である丈夫な繊維質の花や種をまき散らす草ではなくなったかのように思えた。夏を見たことのない人間、冬人間《ウィンター・マン》がいたらどうだろうか、とハワードは思い、草を検分しながらこんなふうに推測してみた——そいつが目にしているのは納骨堂だ。そいつはそれを真実だと思い、その思い違いを基盤にして世界を考えるだろう。ああいう棘だらけの動物がいつ頃茂みや野原を歩いていたのかということについて話をでっちあげ、奇怪な推測の概略を語り、論文を発表し、全員が正装に身を固めた真剣な人々を相手に豪華な会場で講演し、結論を下し、すべて大間違いということになるだろう。ハワードは思った。俺はあれがクワモドキかノラニンジンかさえ知らない。

エズラ・モレルの農場へ続く脇道へ来ると、荷馬車の跡がそちらへ曲がっているのが目に映った。一瞬、悲しみと、失望と、そして息子への深い愛情が湧き上がった。その瞬間、息子が本当に逃げ出せるチャンスを摑んだのならよかったのに、と思ったのだ。どうしてとかどっちとか誰がどうのとか結果あるいは成り行き――お前が引きずることになる、おそらくほとんどは俺に対する悲しみやつらさや恨み――がどうのとかはどうでもいい、俺はただ、お前がこの寒くて狭い土地の境界のむこうへ行ってしまったのならよかったのに、と思うだけだ。百万年後に考古学者たちがこの俺たちの世界の地層を払い落として、俺たちの家の部屋の境界に紐を張り、皿やテーブルの脚や脛骨ひとつひとつにタグをつけて番号を振るときに、そこにお前がいなければいいのに、と。お前の遺骨を彼らが発見して「若年男性」なんてラベルを貼ることになったりしなければいいのに、と。お前の存在は隠れたままとなり、彼らがそれと気づいて解き明かそうなどと思うことがなければいいのに、と。考古学者がジョージの手の小さな骨を調べながら、同僚に、この骨の持ち主だった少年はあるときべつの人間、大人に噛まれているが、たぶんそれは何か野蛮な儀式の一過程か、あるいはあの時代のこの地域の人々がこれまで考えられてきたよりも野生動物に近かったせいだろう、などと説明している姿が、ハワードの脳裏に浮かんだ。

ハワードは小屋に足を踏み入れた。まずは当初の草と土が、ついで詰めこまれていた日曜紙の漫画欄がなくなってしまった丸太壁の隙間から、光が差し込んでいた。

ジョージ。どこにいるんだ？

ここだよ、父さん。

どこだ？

ここ。ジョージは古いドアの陰から這いだした。

ハワードの目は小屋の内部の薄暗がりに慣れてきた。ジョージの顔が古いドアの後ろから覗いているのが見えた。ハワードは火事のことを思い出した。女と子供たちの話を思い出した。俺の息子はあの残骸の後ろに隠れていたんだ、俺の息子は焼け落ちた家の最後の形見の後ろに隠れていたんだ、と彼は思った。家だって幽霊になれる、人間と同じように。そして彼がこう思ったのは、彼があの女と二人の子供のことを思い描くときはいつも（俺は確かに憑りつかれてるな、と彼は思った。だって、それが幽霊ってもんじゃや、幽霊のすることなんじゃないか。棚から皿を払い落とそうが、夜、ドアに息を吹きかけて開けようが、ただ単に人の心のなかに姿を現わそうが、それすべて憑りつくってことなんだから）、決まってあの家に、彼ら同様地上から消えてしまったあの家にいる彼らとしてなのだ、と気づいたからだった。そして俺たちは溝に並べた骸骨について論文を書く連中と同じだった。骨は間違いなくアディ・バドゥンと子供らだと俺たちは思っていたのに、そうじゃなかった。かくして俺の息子が、材木から灰に、そしていまだ覚えている者たちの薄れゆく記憶へと変じた家の最後の名残の後ろに隠れている。ドアが俺たち皆よりも長生きするなら、たいていのものと同様、おそらくはまだ作られてさえいないが、作られた、の方向へと向かっている、作られる（あるいは創出される、生きている木のなかや地下の薄層、星や暗黒の空のなかに今も潜在し、これまでもずっと潜在してきたという意味において、作られる）方向へと引っ張られている、がしかしその場合でさえ、作られるよりまえに作られていない状態へと突進し、そしておそらくまた作られる他の人工物に混じって鎮座（どこかに、ここでさえないどこかなのだがどこか思いがけないところ――平原の草のなかとか、バイユーの低湿地の島とか、北極のクレバスの下のほうとか）する、遺物のひとつとなるのだ。すべては朽ち果てるために作られる。何であれ不思議なのは、それがまだ朽ち果てていないということなのだ。いや、と彼は思った。何であれ不思議なのは、そもそもそれが作られたということだ。この作ったり元に戻したりの大変動を生き延びるのは何なのだろう？

だから俺の息子はすでに消えかけているんだ。そう思うと彼は怖くなった。こんなことを思いついたとたん、それが真実であることに気づき、だからその思いに怖くなったのだ。彼は不意に悟ったのだった。たとえこうして目の前に、見慣れた日常の姿で跪いていようとも、息子はすでに消え去りつつある、薄れつつあるのだと。息子は目の前で消えていこうとしている、そしてその事実は防ぎようがないのだ。実際のところ消滅はまだ始まってはおらず、彼と息子が、父親は薄暗がりに立ち、息子は焼け焦げたドアに一部隠れて跪いているその瞬間は、消滅が始まる時点にまだ向かっているだけであって到着はしていないのだということもまたハワードは承知しているとはいえ。そのときがやってくるのだと、とにかく彼にはわかっていた。そして、自分はなぜかその存在を先に垣間見てしまったのだということも。まるでその瞬間があの焼け焦げたドアのようなものででもあるかのように。小屋のなかで、錆びた古い鋸や鍬や熊手と並んで立てかけられてはいるが、彼の想像した草の骨を持つ絶滅種の生物と同じくらい想像もつかない不可知の存在でもあるあの物体のようなものででもあるかのように。

母さんが心配してるぞ、ジョージ。帰らんとな。

わかってるよ、父さん。

ジョージは立ち上がって父に歩み寄った。ハワードはちょっとの間息子の肩に片手を置いて、少年の目を覗きこんだ。父親は何かしゃべりたそうにしながらも、微笑むと手をはずした。ジョージは荷馬車に乗りこみ、ハワードはプリンス・エドワードの綱を解いた。

ラバはハワードの指示にはずっと迅速に反応し、父と息子は言葉を交わすことなく荷馬車で家に帰った。

次の日の夕方、ハワードは自宅を通り過ぎてから、その朝妻の化粧簞笥の上にメイン州東部州立病院という施設のパンフレットが置いてあるのを自分が目にしていたことに、そして妻が自分をそこへ入れてしまおうと目論んでいることに気づいた。彼は町の中心を抜けて南へ向かった。家ではテーブルに夕食が並んでいた。皆それぞれの席について、黙ったまま、彼が砂利道の私道に入ってきて、プリンス・エドワードを繫ぎ、まぐさを与えて、それから家のなかへ入ってきて祈りの言葉を唱えるのを待っていた。彼はそれをいつも、そして人間にとって最も幸福なのは、自分の業によって楽しみを得ることだと、神よ悟らせたまえ（コヘレトの言葉3−22より）、アーメン、という言葉で締めくくるのだった。

家族のもとを去ることを一日中考え、それがどういうことなのか考え、それでも本当に家族のもとを去るなどということは、ハワードにはとても無理だっただろう。そんな行為は彼にとってはあまりに恐ろしくて、じっくり考えてそれから実行するなどということはとてもできなかっただろう。だから彼はじっくり考えたりしなかった。とにかく去り、それから自分がそうしてしまったことに気づいたのだ。というのは、家に帰って妻がチキンの皿とか熱々のパンの入った籠を手渡してくれるのを見守りながら、妻は自分を片づけてしまおうと画策しているのだと考えずにいることもまたできなかったからだ。妻の優しい行為の裏の優しくない腹づもりがわかっているなんて、あまりにつらすぎたことだろう。その行為の含みを考えるなんて。ハワードは、彼の発作についての、あらゆることについての一家の沈黙は、妻に対する彼の感謝と彼に対する妻の忠誠を表していると思っていたのだ。一家の沈黙は、差し出され、受け取られる思いやりのひとつだと彼は思ってきたのだ。

ハワードと彼の家との距離は延びていき、延びるにつれて、そろそろ頃合いだといわんばかりに彼を彼の人生から引き離した。荷馬車から漂う木材から抽出されたオイルや灯油のにおいで、もう二度と足を踏み入れることはないとすでにわかっている部屋や階段を彼は思い起こし、自分が何の上に座っているのか気づいた。この、家庭生活をきれいにしたり、磨いたり、継ぎはぎしたり、整えたり、維持したりするための商品がぎっしり積まれた揺れる荷馬車は、家だった。俺は家の上に座ってるんだ、と彼は思った。人間にとって最も幸福なのは、自分の業によって楽しみを得ることだと、神よ悟らせたまえ、と彼は思った。俺が泣くのを神よ聞きたまえ、なにしろ俺は、二色の靴墨と木のテーブル用の蜜蠟、汚れた皿を洗う海綿とスチールウールの在庫をじゅうぶん用意してさえいればすべて問題はないと思いこんでいたんだから。ブリキのバケツの領収書を書き、金のためにコートのポケットに密造酒を滑りこませ、俺のとびっきり頭のいい息子たちと美人の娘たちのことを皆に話しながら、俺が泣くのを神よ聞きたまえ。ラバをへとへとになるまで、月と金星が昇ってフクロウやネズミの頭上に位置を占めたあとまでも走らせる俺の慚愧《ざんき》の念を、神よ知りたまえ。俺は家族――俺の妻、俺の子供たち――のもとへは帰らないのですから。なぜなら、妻の沈黙はあなたを恐れる慎み深く厳正な人間の自制ではないからです。あれは激しい怒りの、恨みのしじま。時機をうかがう静寂なのです。神よ許したまえ。俺は出ていきます。

一月初旬の雪解けがあり、一日中雨が降っていたのだが、日没のちょっとまえに嵐雲が過ぎ去り、木立のなかだけ雨が降っていた。雪からは水蒸気が立ち昇っていた。太陽が低くなり、太陽自身と近づいてくる夕暮れが世界を半々の縞模様に織りなすにつれ、木々は半分が照らされて半分は陰になっていた。ハワードはプリンス・エドワードを夜遅くまで進ませた。ラバは扱いにくかった。何度か向きを変えようとした。ラバは何度か足を止めて先へ進むのを拒否した。ついにハワードはあきらめ、今や元の家となったあの家から二十マイル南へ行ったところで停止して一夜を明かすことにした。彼は道路から、なぜか雪が解けていて荷馬車を停められるくらいの広さの円形に草が生えた部分がある空き地へ入った。プリンス・エドワードを解き放し、餌を食べさせ、それから自分も、その午後食べずにとっておいた弁当を食べた。逃避行について意識的に思いめぐらすことは自分に許さなかったものの、ハムサンドと冷えたポテトはもっとあとのためにとっておかなくてはならないと、頭のどこかで承知していたのだ。

ハワードは荷馬車の後輪の片方にもたれて、明かりの灯った空を見上げ、そして自分がともした蠟燭を振り返って、それが星の光で青くなり、星は燃える灯芯のように金色になればいいのにと思った。キャスリーンと子供たちはまだ冷めた料理を前にして食堂のテーブルについていているのだろうかと、彼は思った。

ではもし家族にサーカスの仔馬や絹のドレスを与えることができたとしたらどうだろう？　そしてまた、石炭殻に苦行用の硬い毛織の肌着、そして彼らの手や足には噛み傷というのならどうだ？　どちらも妻の心に平安をもたらさないだろうとハワードは考えた。彼女の敬虔さは自制のポーズに、重苦しい表情にあまりに頼りすぎていた。赤いリボンもストーブの灰も効果は同じだ。彼女がチキンは筋や軟骨だらけのところしか、焦げたビスケットしか、もっともぱさぱさしたポテトしか食べないようにしている一方で、彼の子供たちがさまざまな面で意志が弱かったりヒステリックだったり病弱だったりするとこぼし、そういった悩みの種は上等のステーキ肉や新しいボンネットが手に入らないことに起因しているとほのめかしているように思えるのは、表面的な事柄にすぎなかった。空と陸から運ばれたあらゆる神の創造物が、形を整えてローストにされ、自身のたっぷりした肉汁のなかで泳いでいる十二品ものコースの宴会の玉座に座らせたとしても、彼女は自分の皿にこのうえない料理を山盛りにしながら、彼の劣った子供らがこんなふうなのはあまりに楽な暮らしをしているからで、彼らに本当に必要なのは桶いっぱいの冷めた粥と鉢いっぱいの泥だ、と言って嘆くだろう。

いや違う、とハワードは思った。首を動かす、左か右へ一歩踏み出す、すると賢くて行ないの正しい誠実な人間が思い上がった馬鹿に変わるのか？　光が変化すると、俺たちは瞬きして、世界をほんのちょっと違った視点から眺め、するとそのなかの自分の場所が計り知れないほど変化している。塗料がはがれかけている安物の皿を太陽が照らす――俺は鋳掛け屋《ティンカー》だ。月は葉のない木立の巣のなかで輝く卵だ――俺は詩人だ。精神病院のパンフレットが化粧簞笥の上にある――俺は癲癇病み、狂人だ。俺は家をあとにしている――俺は逃亡者だ。彼の絶望は自分が馬鹿だという事実から生じていたのではなかった。自分は馬鹿だと彼は承知していた。彼の絶望は、妻が彼のことを馬鹿だと、役立たずの鋳掛け屋だと、二セントの宗教雑誌に出ているろくでもない詩の模倣者であると、癲癇病みであるとみなし、首を巡らして彼をもっとよいものとして考えてみるだけの理由を一切見つけることができないという事実に起因していた。

彼は荷馬車の下の草のなかで寝た。月が昇り、眠っている彼の上を弧を描いて移動した。夜が夜を演じるあいだ、彼は空っぽの部屋や見捨てられた廊下の夢を見た。オオカミの小さな群れが丘陵からやってきた。いったん彼の荷馬車を取り囲んでにおいを嗅いで、そしてひたひたと去っていった。彼は夜が明けるちょっとまえに一度目を覚まし、木立のなかに光が見えたと思ったが、草のなかから微かな風が起こって枝のあいだへ吹き込み、光を散り散りにしてしまったので、また目を閉じた。

目が覚めると、プリンス・エドワードが彼の頭のそばの草をふんふん嗅いでいた。彼は帽子をひっつかもうとした。以前、ラバが彼のかぶっていた帽子を食べてしまって、調子が悪くなってガスが溜り、後ろに座る彼は、目からは涙が出るし鼻は日焼けしてしまったことがあったからだ。鳥が驚き警戒しているかのように鳴き交わしていた。かなり早い時間だったので、彼が寝ている荷馬車の下の草はまだ藍色と灰色と紫色だった。荷馬車の影の外では、雪は藍色だった。木々の雨水は夜のあいだに凍って氷の鞘となり、そこで屈折した昇る太陽の金色の光がそよ風のなかで銀色に輝いていた。荷馬車の下のハワードの隣の叢には、どういうわけか一夜にしてキノコの群が生えていた。彼はそれを検分しながら、こんなに寒いのに、こんな短いあいだに何もないところから大きく育っていることに、微かな怖れを抱いた。

3

ハワードはジョージに自分の父親のことを話そうなどとは夢にも思ったことはなかった。ハワードは胸のうちで考えた。そうだ、俺の父親はいつも二階の、屋根がいちばん低くなっている下に置かれたクルミ材の机で書き物をしていた。俺たちが夕食を食べているときでさえ、俺が勉強しているときでさえ、そこにいた。父はそれについて口にすることもあった。こんなふうに言ったものだ。妙だよなあ、私はここでこうして豆を食べていて、そしてまたあそこでもペンでかりかり説教を書いているんだから。俺たちは何も言わなかったが、父の左側の席を立って何の飾りもない狭い廊下へ出て、二階へ行く唯一の道である狭い階段を上って書斎へ行ったら、そこで父が書き物に屈みこんでいる姿を目にするのだと考えると、体を震えが走ったものだ。机に向かう父と夕食のテーブルに向かう父とのあいだでえんえんと行ったり来たりしてみるというようなことを夕食のあいだじゅう想像することもあったが、いちどきに二つの場所に存在できる父の能力とたったひとつの場所にしかいられない自分の限界のおかげで、それはいつも失敗するのだった。俺の父親は風変わりな、穏やかな男だった。

風が木々のあいだを吹き抜けてくる、コーラスのような音をたてて、そしてそれから吐息のように、そして吐息のような音をたてて、何千もの魂の吐息が森林のどこかで勢いを増し、浸食された山並みの陰の窪地や陥没部分を雷雨とおなじように覆い、これまた雷雨とおなじように山並みの背面を這いあがる、それはほとんど聞こえないが、気圧として感じられた——その前ではあらゆるものが凝縮されるのと同様、音も圧縮されたり押しつぶされたりし、それはほとんど見えないものの、かわりにその結果は目に浮かぶようだ——水面は平らになり、そこからくる光は角度を変え、草はこわばって緑色から銀色になり、池の上をすいすい飛んでいたツバメは皆、前へ押し出され、それから変化に合わせて調整してまた元の位置へと下がる、まるで風が前方に何かを放っているかのようだ。首筋の毛が、うなじから頭頂まで電流が流れているかのようにちくちくし、電流が頭のてっぺんから飛び去り、背中を木立のほうに向けていると、首の後ろで実際に風が起こって髪をかき乱し、水や草をかき乱し、ツバメを錐もみさせるのを感じる、その風の合唱は俺たちの喉に名づけようのないあらゆる昔の哀しみをかきたて、声が引っかかっては古い忘れられた歌の音階をしくじるのだった。父は言ったものだ。忘れられた歌はもう決してわからない、知っていたことを覚えているときたちは思っているだけのことなのだが、実際には、また同時に、じつはまったく知らなかったのだということ、そしてそれらが本当のところどれほど輝かしいものに違いないかということもわかっているのだよ。父はこういうことを屋根のいちばん低い部分の下に置かれた机から、池でカワウソを追っていたり、岬の近くの倒れたモミの木のところで釣りをしたりしている俺に言うのだ。父の声を聞いた俺は、水面のむこうの、木立の後ろにかろうじて見えている白い家に目をやる。最小限の家庭の礼節という名目で母が強引につけた簡素な白いカーテンを父の部屋の開いた窓が吸いこんだり吐き出したりしているのがわかっているほうへ。父は俺の耳に囁いた。糸と瓶の蓋と割れたガラスを持っておいで。キャンディの包み紙と五セント白銅貨と滑らかな石を持っておいで。抜け落ちた羽と爪の切り屑を持っておいで。古い歌が私たちの小さな家をまたも揺らして倒してしまったから、建て直さねばならないんだ。すると池のむこうの俺たちの家がちらちら揺らめき、明滅し、消えうせる。そもそもが、じつに脆い概念だったのだ。そして俺はまたむこう岸にいて、俺たちが家を建てる場所を眺めている。木を伐り払って基礎を掘ってしまいさえすれば。

あの冷たい銀色の水のなかに座るのがどんなものか、考えずにいられようか？　顎までくるあの冷たい石の水のなかに座るのが。目の高さにはもつれあった沼地の草、静止している大気のなかの、静止している水のなかに座って、背後の輝く陽光が、目の前に石臼のようにかぶさる黒雲の下のあらゆるものの表面を照らすなかで、北から嵐が来るのを見守りながら。父が耳もとで囁く。じっとして、じっと、じっと。それでもお前はすべてを変える。お前がやってきて水のなかに跪くまえに嵐を待っていた沼地は、どんなふうだった？　それは虚無のようだった。水から出たら気をつけて見ていろ、今や冷えきり後悔して、家から何マイルも離れて、尻にベルトを食らうのを、冷たくあしらわれるのを、余分な仕事をさせられるのを確信しながら。気をつけて見ていろ、お前に入られた水が自らを癒すのを見ろ——傷を治そうとしてではなく、お前がもう一度鞭打ちを食らう危険を冒してみたいというなら、またも己を差し出すために。なぜなら、空が暗くなるかわりに、そして木々や石が明るくなるかわりに、つぎは空が明るく、だが世界は陰鬱になるからだ。あるいは風のないまま雨が降る。あるいは風と太陽。あるいは木綿糸のような雲のレースで飾られた星空。議会で千の条例を通過させたなら、それがなによりだ。

おお、上院議員、ズボンを下げよ！　ネクタイを緩めよ！　口論は慎んで、カゲロウやトンボがうようよし、カエルがこちらの目をひたと見据え、水底に泥が沈んでいる、あの浅い世界に足を踏み入れよ。神が与えたもうた世界に対する議事妨害はやめよ。がなり立てるのは、気恥ずかしくなるような姿勢は、率直を謳いながら道をねじ曲げるそのやり口は、もうたくさんだ。ムーア人、ヒンドゥー人、ズールー族、フン族を滅ぼそうとするのはもうたくさんだ。そんなことをしても少しも得にはならないぞ。見よ、そして天才であれ！　ひと息で、お前の世界を吹き散らしてやろう、お前の金属のモニュメントを、お前の石のモニュメントを、そしてお前の鮮やかな縞模様のぼろ布を。それらは留め針や九柱戯（ボウリングに似たゲーム）の木柱のように散り散りになるのだ。私は、張り出し燭台の蠟燭を一本吹き消すほども疲れないぞ。ふーっ！　ほら、お前は消えた。

　日曜ごとに父の行なう説教は、つまらない不明瞭なものだったと言えるだろう。教区の信者たちは席に座ったまま決まってうとうと船をこぎ出し、部屋のあちこちからいびきが聞こえてくるのがいつものことだった。父は低い声でだらだらと野のあらゆる小さな生き物の重要性について説き、名前を挙げることのできる地を這うもの、泳ぐもの、飛ぶものをいちいち列挙しては、それもまた神の作りたもうた他のどんな生物にも劣らず重要な存在なのだと繰り返すのだった。そして、穀物のなかにいるネズミのことを考えてみてください、と父は言う。それにカアカア鳴くカラスのことを、そして木の実を集めるリスのことを。彼らもまた神の創造物ではないのでしょうか？　それに食べ物をあさるアライグマも。

　こういった馬鹿げた語りかけと父が二階の傾斜した屋根の下で書いていた情熱的で愚か

れたとさえ言えるものとのあいだには、まったく通じるものはなかった。じつのところ、父が書斎で書き物に時間をかければかけるほど、説教はひどくなるように思え、そのうちほとんど支離滅裂な呟きでしかないものとなってしまい、もしも本当に耳を傾けていれば、そのなかのそこここで預言者の名前や詩篇や聖書の章や節の引用を拾うことができただろう。町の人々は呟きを我慢してはいなかった。最初のうちは、おそらくことのほかまわりくどい叡智なのではないか、ことによるとじつはキリストに倣って説教をたとえ話として組み立てるための叡智かもしれない、などと思っていたに違いないが、すぐにうんざりしてしまい、文句を言いはじめた――初めは控えめな手紙によって、ついで教会を出るときに父に向かって直接。この非難に対して父は、自分が実際に考えていたはずのことを説教で話していなかったとはなんということだろうといわんばかりに、心底驚いた。これはしたり、グリーンリーフの奥さん、と父は言ったものだ。説教がお気に召さなくてまことに申し訳ありません。道は狭いのです。私は心がぐらついていたに違いありません、と父は言い、困惑した顔になるのだった。これは、父が何らかの形でこの世界から外れてしまい、すでにゆっくり遠のき始めていたのだという最初の兆候だった。

しまいに、事態は教会員一同にとって非常に憂慮すべきものとなってきた（とある日曜の朝の礼拝でとりわけ困惑させられたあとで。父はその礼拝のある箇所で、悪魔というのは結局のところそれほど悪しきものではない、などといったことをはっきりと口にしたのだ）ので、教区の信者たちは、新しい牧師の状態が悪化する一方であることについて検討するための臨時会議の開催を要求した。父が教会役員たちや教会員たちと会うことになっていた水曜の朝、母は実際のところ自分の手で父に服を着せてやらねばならなかった。父は青ざめてひげも剃っておらず、子供みたいな有様だった。母は父を見て泣いた。何をしてるんですか？　あなたの会議のために、わたしたちは教会へ行かなくちゃならないんですよ。ああ、まったく。父の状態が悪化していくあいだずっと母は自分の思いを口に出さないでいた。料理をし、アイロンをかけ、父の家庭を切り盛りしながら、最初はきっと、父は何らかの不調に陥ってるのだ、父のだらだらした説教もその準備に費やす時間が増えていることも、どの牧師でも経験する自然な浮き沈みに違いない、と信じていたのだろう。もしかすると母は、父は一種の健全な信仰の危機をくぐり抜けている最中で、やがて新たに甦った信仰とこれまでにも増して強い信念をもってそこから出てくるとさえ信じていたのかもしれない。どんなふうに思っていたにせよ、母はそのことについて一言も口にしなかった。

やっとのことで父のひげを剃って服を着せ、教会へ出かけるとき、母は俺に、学校へ行かないで家で留守番をし、両親が帰ってくるときには家にいるようにと命じた。両親が出かけてしまうと、俺は台所のテーブルに座って、歴史の教科書の、ナポレオンについて学んでいた章を開いた。白馬にまたがった絵があった。それと、剣を抜いて見えない敵に向け、攻撃の先頭に立っているものも。俺は文章に集中できなかった。父のことが心配だった。病気（そのときこの言葉が初めて脳裏に浮かび、俺はぎくっとして急に怖くなった）のあいだずっと、父は俺に対してそれまでいつもそうだったように、相変わらず優しく他人行儀だったのだが、このところ父が俺のことをどこか切なげな表情で見つめているのに気づいていたのだ。まるで俺を見ているのではなく、俺の絵とか写真を見ているかのように。俺のことを思い出しているかのように。

俺には父がすっと消えていったように思えた。父はどんどん見えにくくなっていった。ある日のこと、父は椅子に座って机に向かい、書き物をしていると俺は思っていた。どう見ても父は紙に何か書き散らしていた。リンゴ摘み用の袋はどこかとたずねると、父は消えてしまった。そもそも父はそこにいたのか、それとも俺はそこに残っていた残像のようなものに問いかけてしまったのか、わからなかった。だがしかし、父はこの世界から次第に漏れ出ていった。最初、父は単におぼろに、あるいは中味がないように見えただけだった。だがやがて、もはや服を支えられるだけのちゃんとした体軀を備えることができなくなった。俺が箱に座って母のために豆の莢をむいたりジャガイモの皮むきをしている後ろから父が質問をしてくる。そして、答えたのに返事がないので俺が振り向くと、父の帽子とかベルトとか靴の片方とかが、いたずら好きの子供が置いたみたいにドア枠のところにあるのが目に入るのだった。最後には、俺たちにはもう父を見ることさえかなわず、影や光がちょっと乱れるなかに父を感じるだけになった。あるいは自分が占めていた空間に突然べつのものが詰めこまれたかのようなわずかな圧力によって。あるいは、俺たちは季節外れのかすかな香りを嗅ぐことがあった。たとえば、父の冬のウールのコートに雪が解けて浸みこむにおいを、焼けつくような八月の真昼に。まるで、俺が父を思い出としてよりもべつの人間として感じたその最後の数回、父は間違ったタイミングでこの世界を確かめてこようと思い立ち、たまたまどこか冬の場所からまっすぐ真夏へと足を踏み入れてしまったのだとでもいうように。そして、そんなふうにすることによって、父は消えてゆくという自分の運命を、自分は間違った場所にいるのだという事実を確かめているだけのように思え、かくしてそういうはっとする訪問の際には、父の姿は見えないにもかかわらず、俺には父の驚きが、父の当惑が感じられた。夢のなかで、いるのを忘れていた弟に突然会ったり、何時間もまえ、何マイルも離れた山腹に置いてきた幼児のことを思い出したときに感じるような狼狽が。なぜか取り乱して、なぜか違う人生を信じるようになってそうしてしまったのだが、そういうやりきれない記憶、そうした突然の再会に対するショックは、自分がたちまちのうちにすっかりべつのものを信じるようになってしまったということに対する狼狽からというよりもむしろ、自分がおろそかにしてきたことへの後悔の念から生じるのだ。そしてその最初に夢で見ていたべつの世界は、現実ではないとしても常によりよいものなのだ。なぜならそこでは恋人を捨てたこともなければ、我が子を見捨てたこともなければ、兄弟に背を向けたこともないのだから。父が俺たちから離れていったように、この世界は父から離れていった。俺たちは父の夢となったのだ。

またべつのとき、地下室に置いてある樽のなかからリンゴを一個取ろうと父が探っているのを見かけた。暗がりのなかでかろうじて父の姿が見分けられた。果物を一個取ろうとするたびに、それは父の手からすり抜ける、というか、父がリンゴからすり抜けると言ったらいいか。なにしろ父の握る力ときたら、窓の隙間を縫って入ってくる風程度のものだったのだから。一瞬神経を集中したように見えたあとで、一度は成功し、山のてっぺんからリンゴを一個転がしたのだが、ほかのリンゴの後ろへ転がり落ちただけのことで、樽の縁に寄りかかって止まった。俺は思った。たとえ私がこの衰えゆく手でリンゴを拾い上げることができたところで、この失せていく歯でどうやって噛むことができよう、この空気のような胃腸でどうやって消化できようか？　俺は気づいた。この思いは俺自身のものじゃない、そうではなく父のものだ、父の思いまでもがもともとの父自身から漏れ出しているのだと。手、歯、胃腸、思考でさえも、とにかくどれもが多かれ少なかれ人間という環境にとって便利なのであり、父が人間という環境から退いていくにつれ、こういったものもすべてうかがい知ることのできない泡のようなものへと後戻りし、そこからまた星になったりベルトのバックルになったり、月塵になったり線路の犬釘になるのかもしれなかった。ことによるとそれらは皆もうすでにそういうものになっていて、父が消えてゆくのはそれを悟ったからなのかもしれない。なんてことだ、私は惑星や木、ダイヤモンドやオレンジの皮からできているんだ。その時々、そこここで。私の血のなかの鉄はかつてローマの鋤の刃だった。私の頭皮を剝いたら、往古の船乗りがまさか私の頭骨を彫っているなどとは思わずに手慰みに施した彫り物で頭蓋が覆われているのがわかるだろう――いや、私の血はローマの鋤で、私の骨は海の格闘士とか大海原の漕ぎ手とかいう意味の名前をもつ男たちに彫り物を施されていて、彼らが作っている絵柄はさまざまな季節の北の星空の絵で、私の血をまっすぐにして土を割っている男の名はルシアンといい、彼は小麦を植えるつもりだ。そして私はこのリンゴに神経を集中できない。このリンゴに。そしてこういうすべてに唯一共通しているのが私の心にひどく深い悲しみがあることで、それは愛に違いない、そして彼らはうろたえる、というのも、彫ったり耕したりしながら樽からリンゴを拾い上げようとする幻覚に悩まされるからだ。俺は顔を背けて二階へ駆け戻った。父を当惑させないよう、きしむ段は飛ばして。父はまだ粘土から光に戻ってはいなかった。

四月初旬のある朝、母が父に手を貸して服を着せるところを想像してもらいたい。外は暗く、風が吹いていて、空からにわか雪が、雲の削り屑が飛んでくるように渦を巻きながら降ってきた。そして俺たち三人は、雨が降り続いて風が吹き、増水した川や湖が堤を越えて氾濫していた四日間、一緒に屋内に閉じこもっていたのだった。二日前の晩にはオールド・サバティスが、なんとうちの家の裏の木立をカヌーを漕いで縫っていくのを俺たちは目にしていた。背を丸めた父は、自分の腕を上着の袖に通すことができなかった。それで母が手助けすると、父が上のほうへ引っ張りすぎたので、上着の袖がシャツの袖を巻き込んで一緒に肘のところまでまくれ上がってしまった。父の頭はぐらぐらし、母に手伝ってもらって何とかコートを着ようとするうちに、父のつば広の帽子が変な角度になり、おかげで母は案山子に服を着せようと四苦八苦しているように見えた。母は父に、苛立ちと気遣いを滲ませた口調で言った。ねえお父さん、帽子は最後までかぶっちゃいけないって、わかってるでしょうに。父は喉がからからになっているらしく、水を求めているかのように口のなかで舌を動かした。

母が夫婦の寝室ではなく客間で父に服を着せるさまを、そしてそのことで、たとえば父の細い青白い裸の脚を父が未亡人たちを励ましていた部屋で目にして、俺がぎょっとするさまを思い描いてもらいたい。二つの窓のブラインドは下ろされ、母はランプをつけていなかったので、二人はブラインドの周囲の隙間から部屋に差しこむ乏しい光のなかで奮闘していた。俺は台所に続く戸口に立って、両親を見守った。父は非常な屈辱を味わい、俺にはどうしてやることもできなかった。暗闇のなかで母が父を手伝って服を着せようと二人で奮闘するさまは、こそこそしていてひどく嫌な気がした。それなのに、部屋を横切ってブラインドを上げ、生々しく弱い光を二人の上に投げかけるのはさらに悪いことのように思えた。父にせめても許されるのは暗闇のなかでばらばらになることくらいであるかのように。

　父が服を着てしまうと、母は父に台所を指し示した。二人は並んで、半分抱き合うようにして歩いた。母は片手で父の背中をさすり、もう片方で父の手を握り、優しく父に囁いてなだめたり誘導したりしながら、父が自分の足につまずかないよう足元に気をつけていた。俺は台所に戻っていたのだが、父とドアをくぐった母は俺を見て言った。今日は自分で朝ご飯を作ってもらわなくちゃね、ハワード。わたしはお父さんを連れていくから。父は俺を見て頷いた。通りで友人の知り合いに初めて会ったときにしそうな仕草だった。母が外側のドアを開けると光が入ってきて、台所にあるすべてのものを、刻まれた古代の遺物にしてしまった。人間がそれまで鉄のフライパンやのし棒で何をしてきたのか、俺には想像がつかなかった。ドアのむこう、うちの庭を越えた道路の端に、四人の男が、全員黒いコートに黒い帽子をかぶってたたずんで、父と母を待っていた。彼らは父の友人で、教会のメンバーだった。俺は戸口に立って、両親が男たちのところへ行くのを見守った。男たちは両親を囲むと、四頭の馬に引かせた馬車へと案内した。馬車はほどほどの距離をおいたところで一同を待っていて、御者は俺には見覚えのない男で、風と雪と雨から身を守るためにコートとマフラーにくるまってうずくまっていた。また降り始めていたのだ。男たちはまず父を馬車に乗せ、ついで母を乗せた。彼らの日常や儀式でのマナーとは逆で、それが俺には決定的で衝撃的に思えた。御者が手綱をぴしりと鳴らし、馬はよろめいたもののの泥のなかで安定を取り戻した。とはいえ、数ヤード馬車を引いたところでようやく車輪が追いついて回り始めたのだったが。馬車と背を丸めた七つの黒い人影は庭のむこう端を通り越して木立のなかへ入っていき、それが、俺が父を見た最後となった。

翌朝、台所へ降りていくと、母がパンケーキを作っていた。テーブルの自分の席に座った俺は、父の席が用意されていないことに気づいた。俺はいつも父の左側に座り、母は、夕食時に（朝食のとき母はいっしょに座ることはなかった）腰を下ろすときには、テーブルの反対側で父と向き合って食べた。俺はたずねた。父さんはどこなの？　母は調理の手を止めた。片手にはへらを、もう一方の手には布巾で巻いた鉄のフライパンの柄を持っていた。あのねハワード、と母は答えた。お父さんはいなくなったの。台所の窓はすべて西に面していて、部屋に差し込む朝の光は、闇とともに退いていく雲の名残や庭のむこうの木立の端の木々に反射したものだけだった。これは父の死の夢であるように、それが実際に起こったときのための一種のリハーサルであるように思えた。覚醒の世界における単なる事実、というよりも。あの頃の俺には夢と現実を区別するのは容易ではなかった。父が俺の寝室に入ってきてキスし、眠りながらもじっとしていない俺が床へ落としてしまっていた毛布で包んでくれる、といった夢をしょっちゅう見ていたからだ。そういう夢のなかで、俺は目を覚まして父の姿を見ては、父がどれほど自分にとって大切な存在であるかという思いに圧倒されるのだった。父は一度死んでいるので、父を失うのがどういうことか俺にはわかっていた。それがこうして父が戻ってきたのだから、もっと父を大事にしようと俺は決意する。父さん、と俺はそういう夢のなかで話しかける。ここで何をしているの？　父さんはまだいなくなっちゃあいないのさ、とユーモラスな口調で答えが返ってきて、そこでこれは夢だと気づくはずなのだ、そんなふうだったらいいのにと俺はよく思っていたものの、生身の父は決してそういう口調でものを言うことはなかったのだから。あのね、今度はきっと元気で暮らしてもらえるようにするからね、と俺は言って、父を抱きしめるのだった。

だからどうなんだ？　下卑たおしゃべりめ。この心で燃える炎をお前の不毛な無駄話で吹き消すだと？　とんでもない！　この炎が燃えつきることはないし、お前がわめく戯言はそれを煽り立てて、さらに煌煌と、さらに熱く、さらにしっかりと燃えあがらせるだけなのだから。

森のなかで父を探してみようと俺は決めた。木立のなかを歩くときは、父の古いブーツを履いた。大きすぎたので、ぶかぶかしないよう靴下を三枚重ね履きしなくてはならなかった。父の古ぼけた枝編細工の魚籠に昼の弁当を入れて肩からぶら下げた。父のつば広の帽子もかぶった。ギャスパーのトウモロコシ畑を通り抜けながら、茎から実をひとつもいで皮を剝いたら、なかから穂軸にずらっと並んだ父の歯が出てくるんじゃないか、などと想像した。清潔で白いのに、父の歯とおなじくすり減っている。歯はトウモロコシの毛のかわりに父の髪の毛で包まれているんだ。木立を歩きながら、カンバの木の樹皮を剝いだら、と想像してみた。皮膚のようにしなやかな外側の層を。木質部分が現われるまで剝く。ナイフの刃先を木に差し入れ、堅いものにあたるまで刃をぐっと突っこむ。木の層を、一度に一インチずつこじ開けるようにして切り取り、幹の真ん中に長い骨があるのを見つけるのだ。川底から平たい岩をいくつか引き揚げるところを思い描いた。木に登っては樹液のなかに父の痕跡がないか味わってみるところを。父が自分で考えたことなのか、本で読んだことなのかはわからないが、説教のなかで父がいつも深遠で密かな肯定と呼んでいたものを探しながら、俺は自分のやっていることをそんなふうに考えていたのだった。父といっしょに行ったさまざまな場所を俺は歩き回ったが、そのうち足はタグ池の流出水路へと向かっていた。

春の雨のおかげで、使われなくなった運搬道沿いの深い溝があちこちで一時的に池になっていた。水の深さは脛くらいで、鉄のクリームのような色だった。ハワードはときどきそんななかを歩いて突っ切らねばならないことがあった。道幅いっぱいに広がって木立のなかまで入りこんでいたからだ。渡っていくと、足で踏んだ底の部分から薄い錆色の泥の雲が湧き上がり、そのなかから鮮やかな緑のオタマジャクシの群れが急速ではかない発達の過程を邪魔されて飛びだしてきた。冠毛のあるキツツキがハワードの左手の木立のどこかでトントンと音をたてている。道から離れてキツツキを探しに行こうかと彼は思ったが、やめておくことにした。盛り上がった道の背を草が覆っていて、その部分は金属のような水に沈んではいなかった。ハワードはその細い部分を歩いた。道は初めおおよそまっすぐだったものが、使われなくなってしまうと、木々によって右や左に歪められたり、捻じ曲げられて上空を覆われたりして長年のあいだに様変わりしていて、歩いているとまるでトンネルをくぐっているようだった。空からさまざまな量の光が流れこんでいた。カエデやオークやカンバの枝が道をまたいで互いに身を寄せ、絡み合って、ほとんど区別がつかなくなり、葉も混じり合って同じ枝から生えているように見え、まるでいくつもの季節を混じり合って過ごした挙句、木々が互いに接ぎ木し合って、何種類かの葉をつけるひとつの植物となったかのようだった。輝く夥しい光はハワードの頭上で留められていた。そのほんの数滴が、絡まり合ったなかを通り抜けて草のなかへと落ちてくる。ハワードは二度、光が降り注いで地面にたまっているところを通った——一度は胴枯れした巨大なオークが立っているところ、ついで、そのもっと先の、大きなトウヒが雷に裂かれているところで。

道は行き止まりに見えても、実際は単に右や左に曲がっていたり、下っていたり、次第に上り坂になったりしているだけだった。そして、ほとんど見えないが、木々の天蓋の上を雲が動く具合によって、太陽の光が今そっくり現われたかと思うと今度は見えなくなり、ついで拡散し、反射し、きらめいたり滴ったり降り注いだり溢れたりほとばしったりするさま、そして揺らぐ木の葉や小刻みに動く草のあいだで風がさらにいっそう光を追い散らすさま、そんなすべてが組み合わさって、ハワードはまるで万華鏡のなかを歩いているような気分だった。まるで、空と大地が目の前でぐるぐる輪になって回転していて、大地が空の上にきた拍子に木の葉や草の新芽や野の花や木の枝が青さのなかへ落下し、そしてまた回転してもとの正しい位置に戻ると、かわりに空から雲や光や風や太陽が降ってくるかのようだった。空と大地は元の位置に戻ったかと思うと、今度は並び、今度は逆になり、そしてまた今度は本来の場所に、流れるような無音の一回転で戻るのだ。うっかりこの絡まり合って回転するなかを通ってしまう動物もいた。鳥やトンボが小枝に落ちてきてはまた空へと飛び立つ。キツネが雲を踏み越えて、立ち止まることなく林床に戻る。そして無数のオタマジャクシが尾をひらひらさせながら水っぽい天井から落ちてきて、また泥の巣へと潜りこむ。光もまた巨大な皿のように微塵に砕けてはまた元どおりに合わさり、そしてまた砕け散り、欠片や破片や燃えるように輝くガラスや背後から照らされた断片が静まりかえった穏やかな交替のなかで回転し、ハワードの目に映るあらゆるものを浸し、ついにはすべてが溶解してしまい、それぞれの形は色のついた光の羽で保たれているにすぎないように思えるのだった。

ハワードはついにタグ池の流出水路へとやってくる。いつになく暖かい日だ。流出水路の最初の区域のむこう側にできたたまりで、水が石の周りに沈泥と木の葉を配している様子を検分しようと、彼は屈みこむ。沈泥と水は結合してひとつになり、土とも液体ともつかないものとなっている。見た目は堅い川床だ。ハワードは父親のブーツと重ね履きしていた三足の靴下を脱ぐと、ズボンの裾をまくり上げる。水に足を踏み入れると、泥は崩れ、見せかけの川床はその上を流れる水と大差ない抵抗しか示さない本来の姿へと変わる。ハワードの足でかきたてられた沈泥は雲となり、彼は一時静止して、ヒメレンジャクのつがいが水の上で虫を捕まえて、池の真ん中のこんもりした叢に生えているネズの同じ枝に戻るのを見つめる。沈泥の雲は広がり、水に流されていく。そして彼が立つ水はまた澄みわたり、彼の脚は膝のところで終わっているように見える。沈んでいる脚の下半分は隠れた枝や石とともに沈泥に埋もれているのだが、枝や石は目に見えないので、なんだか骨みたいに感じられる。しばらくすると、小さなカワマスが、土手の丈の高い草や藪の近くの彼が立っているところへ戻ってくる。房状のカエルの卵が横を流れていくが、なかの胚が見えるほど近くを通り過ぎるものもある。ハワードは足で川床を探り、座れるくらいの大きさの平らな石を見つける。水に浮きあがらないよう膝に置くための石も見つける。沈泥に身を沈めて平らな石に座る。石のあるところの沈泥は深いので、頭だけが水面に出て、沈泥から突き出しているのは首から上だけだ。沈泥が渦巻いて首から離れていくのを彼は見守る。まるで彼の首が切り落とされて水面に放り込まれ、土の血煙を噴きあげているみたいだ。

そろそろ午後も半ばだが、ハワードは翌朝日が昇るまで、こうして夜通し座っていようと決心する。影が長く水面に這うようになってくる頃には、彼の周囲で流れは癒えて元に戻り、これなら動物や光や水を自分がいないときの姿で眺めることができるのではないかと彼は思う。そして、それが父について何かを教えてくれるかもしれないと。導師のようにじっと座っていなくてはならない、と彼は思う。こむらがえりや寒さは無視せねば。うんとゆっくり、そしてうんと静かに呼吸するんだ、顎をかすめる水を息で乱すことさえないように。泥のなかで何かがずるずる横をすり抜けていっても、気にしてはならない。眠ってはいけない。さまざまな恐ろしいものを目にすることになるだろう。空に光が見えたらどうしよう？　木々の梢を疾走する影が見えたらどうしよう？　オオカミが二本足で歩いてきて、人間のように屈みこんで流れから水を飲もうとするのを目にしたら？　嵐がきたら？　くっきり澄み渡って、空が星であふれて、星明かりが地上にこぼれ落ちて、土手沿いで発光する白い花に変じて輝いて、この惑星が深夜の頂点を通過してまた太陽のほ

う へ向き始めた瞬間、何の痕跡も残さず消えてしまったら？　木立のすぐ内側に、泥のなかに座っている息子に気づくまで、満足気にひとりのどかに低く鼻歌を歌っている父さんの姿を見かけたら？

深夜を過ぎたあるとき、俺は水面にべつの頭を見つけた。土手にはびこる草にちょっと隠れていて、数ヤード下流へ行った、池が小川に変わって東へ曲がるちょうど手前だった。月は明るく、その頭を照らし出していた。頭はこちらを向いていた。俺は目を合わせようとした。その目は開いていて、瞬きもせずにこちらを見つめているのはわかっていた。だが直視したとたん、視野がインクで覆われた。相手の目の右側か左側を見たときだけはっきりする、というか、少なくとも明らかに二つの目となるのだが、その両目が開かれて凝視していると俺には思えたのだ。それはインディアンだった。俺が水のなかに腰を下ろしたときにはそこにはいなかった。俺と向き合っているというのに、相手がやってくるのを見もしなかったのだ。なぜか、自分が動けないのがわかった。もし動けば、何か恐ろしいことが起こるかもしれない、と。父親の聖遺物箱を探しに来たことを、そんな行為の愚かしさを後悔した。そのときの俺には、父は不変で本物の信念をもつ男だったように、そして自分は愚かで孤独で惨めな子供に思えた。夜は過ぎていき、インディアンは身動きしなかった、一度だけ、小さな鱒が水から跳ね上がって彼の喉に飛び込んだとき以外は。

あのインディアンはきっとオールド・サバティスだ、と俺は思った。サバティスは湖のなかの島で育ち、それからレッドと自分の小屋で暮らすようになった。彼は釣りと狩猟のガイドを生業としていた。いつもはフランネルのシャツに白いサスペンダーで吊ったズボン、それにつばの広いよれよれの帽子という格好だった。彼の服装で唯一伝統的なものがモカシンで、彼はこれを自分で作っていた。最初に彼と会ったとき、見るからにがっかりした顔をするスポーツ愛好家もいた。インディアンに森のなかを案内されるという空想のなかで、彼らは明らかにもっとエキゾチックな姿を思い描いていたのだ。だが年に一度、サバティスは、J・T・ソーンダーズが彼のために買って保管している昔の頭飾りとバックスキンのすね当てとビーズを縫いつけたベストを身に着け、快く、と俺たちは思っていたのだが、ボストン・スポーツマン・ショーで行なわれるソーンダーズの見世物でインディアンの酋長役を演じていた。

でも、水面にある頭はサバティスには見えなかった。その不動の静けさは、サバティスかもしれなかったが。よく耳にしていた話だが、早朝、サバティスに朝食を作ってもらったあと、とある位置でとある方向を向いた彼をキャンプに残してスポーツ愛好家たちが出かけていき、数時間後に戻ると、彼は同じ場所にいるというのだ。だが彼は男たちが戻ってくるや必ず立ち上がって、彼らが捕まえてきた魚なり小さな獲物なりを受け取って昼食の準備を始めながら、きっと大きな魚はみんな白人から身を隠してたんだろう、など冗談を言うのだった。だがこれはまた別種の不動だった。恐るべきもので、ほとんど非人間的に思えた。魚がまだ流れの表面を割って現われもしないうちに、頭が口を開くと、口は穴になり、そこへ黒っぽい水がなめらかに流れ込んだ。頭は遠いのに、俺の耳には確かに、魚が跳ねるまえの一瞬、水が喉に流れ込む音が響いた。魚が跳ねあがったとき、それはふつう魚が水面に現われてカゲロウに襲いかかるのとは違っていた。ありえないような、信じがたい、それ自体目には見えず、それが現われた水の痕跡から存在が辿れるだけのその魚は、まっすぐインディアンの喉に飛び込んだのだ。もがきもしなかった。歯に尾を打ちつけることもなく、舌に困らされることもなかった。舌は、魚にはべつの魚のように思えたのかもしれない。魚はあっさりと、開いた喉にまっすぐ飛び込み、そのあとたちまち口が閉じられたので、俺の想像の世界の外側ではこのすべてが実際には起こらなかったかのように思えた。本当のところ、それはまったく起こっていないかのように、というより、むしろいきなり、すでに起こってしまっていたかのように見えたのだ。

インディアンの顔は以前と変わりなかった。

すると、その顔は俺自身の顔だった。一瞬のうちにインディアンの顔は俺の顔に変わり、俺はまるで鏡を見るように自分自身を見つめていたのだ。木々の梢を照らすその日最初の光に俺は気づいた。突然風がそよ吹き、ひりひりする痛みとひどい寒さを感じて、意識を失っていたのかもしれないと思った。水面の頭はなくなっていた。せいぜいほんの一瞬程度しか目をそらしてはいなかったはずだから、水から立ち上がって木立へ消える暇はインディアンには間違いなくなかった。水もかき乱されてはいなかった。何かの体が出入りした痕跡はひとつもなかった。頭が消えてうろたえたのを最後に記憶が途切れ、気がつくとキャンバス地のテントにくるまれ吊り下げられて、エド・ティトコームとレイフ・サンダーズによって森から運び出されているところだった。二人は猟をしていて、流出水路で半分水に浸かって気を失っている俺に遭遇したのだ。キャンバス地の布は魚のはらわたとむっとする煙と時を経た雨のにおいがした。死んじゃいないみたいだ、俺が目を開けたのを見てレイフが言った。彼は頭のほうにいて、エドが足のほうだった。死んでるはずだぜ、とエドが振り向きもせずに答えた。レイフの顔は俺の真上にあり、その顔と背後の木々が、レイフとエドが歩くリズムに合わせて揺れていた。二人の歩みは速かったがあまり楽そうではなく、きっと二人としては、撃ったクマを運ぶときのように俺の手首と足首をカンバの棒に結わえつけて運びたかったことだろう。レイフはいつものように煙草を吸っていた。ふん、これからかもしれんぞ、と彼は言った。煙草から垂れ下がった灰が、レイフがふんと言った拍子に紙吹雪が散るように炸裂し、俺の髪のなかや顔の上に舞い落ちた。前を見ると、赤いフランネルのシャツに包まれたエドの前かがみになった背中が目に映った。ウェーブのかかった黒髪は帽子で覆われていたが、うつむいているので、青白い首筋が見えた。この男も煙草を噛んでいるんだ、と俺は思い、またも意識を失う直前、隠れている彼の顔から紅茶色の汁が小道の傍らの藪のなかへぴゅっとほとばしるのが目に映った。

俺がうんと小さかった頃、父がカンバのカヌーを持っていたのを覚えている。カヌーはインディアンたちが作ったもので、父は彼らから買ったのだ。毎春、氷がなくなると、インディアンのひとりがある朝森から現われて、そのシーズンに備えてカヌーを修繕してくれた。父がそのインディアンと話しているところは見たことがないし、支払いはどんなふうにしていたのか、どうやって集金していたのか、どんな通貨で払っていたのかは知らない。解けた縫い目を縫い直し、必要なところに新しい木の皮を差し込んでしまうと、インディアンはまた木立のなかへすっと消えるのだった。俺はインディアンが仕事をしているところから数ヤード離れた叢でしゃがみこんでいたことがある。学べそうなものを学ぼうとしてのことだったが、そんなものは何もなかった。しかしそれでも何かしなければといい気持ちに駆られたのだ。まるで俺にとって教わるということは努力することに他ならないのだとでもいうように。一瞬目をそらして春の最初のコマドリを眺め、それからカヌーへ視線を戻すと、インディアンは音もなく消えていた。見たところ動きさえなく、どちらかといえば、幹や根や石や葉にだけでなく、光や影や季節や時間そのものに、また吸いこまれてしまったかのようだった。

毎春、池や湖の氷がなくなるとすぐに父のカヌーを修繕してくれていたのは、オールド・サバティスだったのかもしれない。俺には彼が光と同じくらい年老いて、同じくらい拡散しているように見えた。空一面に黒雲が連なり、その輪郭が太陽に縁どられて、そこにこれ以上は考えられないほどくっきり鮮やかな青が散らばるようなときに、俺は彼のことを思った。金や赤や茶色の木の葉が道に散り、風の円陣に掬い上げられるとき、彼の時間が過ぎ去っていくように思える。黒く湿っぽい枝を新芽が明るくするとき、時のむこう側から、サバティスや俺の父親のような男たちに属していた時代から咲き出したように思える。むろん、サバティスが大昔の人間だというのは俺にとってだけのことだ。父も大昔の人間だ。それは二人とも、俺がまだ年端もいかなかった頃に世を去ったからだ。二人について俺が覚えているのは、雰囲気だ。オールド・サバティスは、子供たちを脅かしたりおかしな天候を説明したりするのに使われていた。ときに彼の姿は木々の梢で目撃された。湖の上で男たちが、ボートの下の深い水中を彼が鮭を追って矢のように通り過ぎるのを目にすることもあった。オールド・レッドはサバティスについて黙して語らないので有名だった。レッドをガイドとして使う男たちは決まって彼にサバティスのことをたずねるのだが、レッドは、サバティスはいなくなったと言うだけだった。サバティス自身を以前ガイドとして使っていたもっと年配の男たちまでも、あれは一八九六年か一八九七年頃のことだったが——誰も同意したわけではなかったが、ただなんとなく、今やレッドが釣りや狩猟に出る際のガイドなのだということになったのだ——彼らまでもサバティスについて語ろうとはせず、狩猟がもっとずっと危険で残忍なものだったに違いない、半ば文明化した物静かなインディアンにお膳立てしてもらうようなものでは決してない先史時代に近いような印象を深めるばかりで、クマやシカではなく人間に襲いかかったという自身の祖父の話を覚えているほどの年齢である件のインディアンは、そのために、どの遠征のときにもライウィスキーやウィスキーを手にしないよう厳重に監視され隔離されていた。酒のせいで隔世遺伝した怒りに火がつくといけないからだ。こうした年配の白人の男たちの誰一人として、あのインディアンが父祖の未開の知恵を利用することができたなら八人ないし十人の武装した一行を虐殺できることを、一瞬たりとも疑う者はいなかった。そして、少年時代の俺が聞いた彼らの話からすると、彼らの誰一人として、サバティスが、眠っている、あるいは狩猟のために森に散っている一行の頭皮を実際に剝ぐことがあるだろうなどと、一瞬たりとも考える者はいなかった。もっとも、サバティスは温和な性格だと彼らが主張すればするほど、彼らはどうやら悪魔そのものとキャンプしてのけたのだと世間は思い込み、何週間も未開の地においてサバティスの指図に従って猟をしたり眠ったりした挙句に無傷で帰宅し、銀行員や弁護士や工場経営者といった仕事に戻れるのは、彼らの信仰が深く本物であることや英雄的と言えるほど強い性格であることを示すものだと確信するらしく、しまいには彼ら自身が火事や洪水の古い世界と生産割当量や商品市場の新しい世界とにまたがって立つ人間だと思われるようになるということなど、誰一人気にしていないらしかった。

もちろん、サバティスは他人と変わりない人間だった。人々が彼に見せたがる写真ならどんなものでも喜んで見ることは知られていたが、自分を撮られるのは拒んだ。例外は、なんとも不思議なことに、赤ん坊がいっしょの場合だった。ティトコーム雑貨店の正面のバルコニーかノース・キャリー・ホテル（彼はここで幾夏も木を伐る仕事をしていた）のポーチで腕に子供を抱いて立っている彼の写真が、何枚かある。サバティスの笑顔が確認されているのはこういうときだけだった。彼はまた塩味のタフィに目がなく、ボストンからやってくるスポーツ愛好家たちから、ガイドを務める報酬の一部としていつもこれを受け取っていた。彼には歯が一本もなく、キャンディをひとつ歯茎と頬のあいだに滑りこませると、溶けるに任せるのだった。彼と、当時はリトル・レッドと呼ばれていたレッドは、町のすぐ先の、グッディング通りが作られて、列車がウエストコーヴを通るようになったときに商取引が増加することを期待して雇われた工場の新しい経営責任者たちのための家が建ち並ぶ地区の裏にある小屋で暮らしていた。サバティスとレッドが血の繋がりがある間柄なのかどうかは誰も知らなかった。町の歴史を心得ている年配の図書館員のなかには二人は遠縁にあたるのではないかと考える者もいて、時間の経つのがのろい冬の黄昏時、図書館の貸出カウンターではすぐに熱い議論が起こるのだった。サバティスとレッドはただ単に、もっとも友好的な白人と暮らすよりも、たとえもっとも馴染みが薄くともインディアン同士で暮らすほうが彼らにとってはましなのでそうしていただけなのかもしれない。彼らの小屋の敷地の外で二人がいっしょにいるところはめったに目撃されず、二人の会話は聞かれたためしがなかった。サバティスが死んで、というか状況から言うと姿を消して初めて、リトル・レッドはオールド・レッドになった。誰に訊くかによって違うのだが、一八九六年か一八九七年の秋、そのシーズンの狩猟ツアーの打ち合わせに男たちが小屋へやってくると、サバティスはいなかった。あいつはいなくなった、とレッドは言い、それでおしまいだった。レッドは、男たちの失望をわかっているようだった――自分はどうやら前任者よりもおとなしくて飼いならされているらしいということを。そういうわけで、オールド・レッドが男たちをツアーに連れていき、べつに訓練を受けたわけでも経験があったわけでもなさそうなのに、サバティスとまったく同じくらいうまくやってのけた。オールド・レッドとなるにあたって、彼は特定の人間としての自分を捨て、時間の外側に立つ、一個人としての存在はほんの付随的なものにすぎない何か不滅のものの化身となったように思えた。

エドとレイフは、おそらくそれで家族を養っていたからだろうが、丸一日分の猟を逃したくないと思っていたし、もう俺が死ぬ恐れはないと判断したのだろう、二つの運搬道が合流しているところで俺を下ろした。朝のうちにそこを伐採作業員が通ると、二人は知っていたのだ。俺はある時点で目を覚まして、うろうろ木立へ戻ったに違いない。初めて癲癇の発作を起こしたのはこのときだと思う。また目覚めたときには、知らないあいだに時間が経っていて、家に戻ったのは日が沈んでからだった。びしょ濡れで、冷えきっていた。髪には血がこびりつき、口の両端からも筋になって垂れて顎に沿って流れ、耳に入って、そこに溜まって粘ついていた。闇のなかを進みながら、自分のあえぎが聞こえはするものの、耳が聞こえなくなったのだと俺は思っていた。自分の足音とか風の音といった外側の音が何も聞こえなくなっていたからだ。危うく嚙み切るところだった舌はひどく腫れあがって、口をちゃんと閉じることができなかった。

裏の靴脱ぎ室を通って台所に入ると、母は台所のテーブルに座って俺の靴下を繕っていた。顔を上げずに、口を動かしさえしないで、母は俺に何か言った。これが、母が俺に話しかけるときのいつものやり方だった。母には、俺の注意を引くために声を張り上げたり、目を合わせたり、ついでに言えば息子の名前を口にしたりする理由はなかったのだ。母と俺のあいだでは、俺はとにかく常に母の言葉に耳を傾けるのが当然ということになっていた。

俺は母に怒鳴り返した。発作を起こして耳が聞こえなくなっちまった。

母は針と糸を置くと、近寄ってきて俺の手を取り、テーブルのほうへ導いた。母は俺を座らせておいて、ポンプのところへ行き、タオルを濡らした。母が使っている粗末な石鹼のにおいがし、ストーブで薪が燃えるにおいもした。それに台所の食べ物のにおい。それはなんとなくチキンとバターとパンのように思えた。母は何も料理してはいなかったのだが。

母はまず俺の耳の血をこすり落とした。世の中の音が頭のなかに、俺が覚えていたよりも冴えた音で響いた。

ひどい恰好ねえって言ったのよ、と母は言った。

父さんを探しに行ったんだ。

それから母は、俺の顔と髪の血を拭った。ごしごしこすられて肌がひりひりし、おまけに母は俺の髪を頭皮から引っこ抜くつもりらしかった。拭いながら、母は泣いた。しゃくりあげはしなかったが、きっと息子の汚れを落とすことで悲しみを押し殺していたに違いない、あまりに激しくやられて俺はしまいに悲鳴をあげ、母は落ち着きを取り戻した。母は赤むけになった、冷たい胼胝《たこ》のできた両手で俺の顔を挟むと、口を開けるよう命じた。

一週間はしゃべっちゃだめよ。

俺はしゃべり始めた。違うんだ、木の幹のなかに父さんの歯を探しに行ったんだよ。それと茂みの茎のあいだの父さんの髪の毛と、それに――だが母は俺の顔をいっそうぎゅっとおさえると、こう言った。黙りなさい。七日間よ。それ以上しゃべったら、舌がもげるからね。もしかするとそれは本当だったのかもしれない。舌は口のなかで二叉に分かれているように感じられた。ずたずたになったような、妙な感触だった。鏡で見てみる勇気はなかった。

　これが、父抜きで母と二人で台所で過ごした最初の夜で、母はおもに料理用ストーブで食事の支度をするか、その薪ストーブの横の背もたれがまっすぐな椅子に座って服を繕うかしていた。日曜の夜には、母はシーツやカーテンのアイロンがけをし、俺は蒸気がしゅうしゅういう音を聞き、洗濯糊の焦げるにおいを嗅ぎながら、宿題をした。舌が治って話せるようになってからも長いあいだ、母と俺は黙りこくったままでいた。

　だがあの最初の夜、母はスープを作って肉汁用の錫《すず》のスポイトで飲ませてくれた。口に差し入れて、舌に触れないように端に沿って奥へ、ほとんど喉まで突っこんで、母鳥が雛に餌を与えるようにして。スープはとても熱くて塩気が効いていて、焼けつくように胃へ落ちていった。いったんその熱さが内側に収まると、内部から熱を放射し、やっと体が暖まった。母は本当に辛抱強かった。この作業には一時間近くかかった。俺が覚えているのは、寒さと痛みが徐々に暖かさと極度の疲労へと変わっていったことだけだ。森は、人間ひとりひとりに与えられているあの小さな熱の芽を俺の体からほとんど弾き飛ばしてしまっていて、あのとき俺は、それがいかにわずかばかりの脆いものであるか思い知ったのだった。あまりにも量が少なく、その源がなんであれあまりにわずかで、厳密には熱とさえ言えないようなものであるということを。そして、消えてしまった父親や、水のなかから見ているとちらちら揺らめいてやがて消えていってしまったときの家と同じなのだと。

4

日中は、大勢の人間がぶつぶつ呟きながら潮の満ち干のように部屋を出たり入ったりしていることにジョージは気づいていた。だが夜は、目が覚めると、いつもたった一人だけが彼のベッドの隣のソファに座って、ソファのむこう側の蛇腹式蓋付き机に置かれた小さな白目製のランプのほのかな明かりで本を読んでいた。その人物は常に彼にとって見慣れた人間なのだが、具体的に誰なのかというとさっぱりわからなかった――男なのか女なのか、身内なのか友人なのか。彼が気持ちを落ち着けてその人物に焦点を合わせ――髪、目、頬骨、鼻――名前を思い出そうとするたびに、相手は彼の周辺視野へ後退してしまうかのようなのだ。相変わらず完全に見えている状態で座ったままであるにもかかわらず。

この善意の訪問者を目にした最初の夜、彼はたずねた。あんたは誰だ？　するとその人物は本から顔をあげて微笑み、こう言った。目が覚めたんだね。今何時だ？　と彼は訊いた。うんと遅いよ、と相手は答えた。このやりとりは、彼やその人物が口を開くことなく行なわれたように思えた。薬のせいなのか、彼のいつもの混乱状態のせいか、あるいはそもそも実際にあの人物と意思を通じ合っていたのかどうかすら、ジョージにはわからなかった。彼が胸の内でこんなことを考えていたら、相手がこう答えたようにさえ思えたのだ。ちゃんとここで僕としゃべってるよ。チャイムみたいにはっきりした声だよ。

ジョージは一瞬目をそらして部屋の反対側にある静物画に意識を集中し、それからまた視線を戻してひたすらその人物の目をまっすぐ見ようと努めることで、相手をはっきり見てみようとした。これをやってみると、相手はまるで鬼火のようで、ソファに座っているのではなく、クッションの真上に浮かんでいるように思われ、見つめるたびに右とか左、上とか下へ、見たところ意識してではなく、まるで反射作用、自然な防御の動きのごとくさっと動くらしく、したがってまっすぐ見ることのできないまま、その男か女かわからない相手は常にカーテンやランプやデスクやソファを背景にちらちら揺らめくとらえどころのない姿としてそこにいるのだった。

その人物は若かった——子供ではなく、思春期の若者というのでもなかったが、八十歳というジョージの年齢よりはずっと若かった、少なくとも体は。その人物は、数百年の年月を備えているという雰囲気をまき散らしていたが、それはいっときのものとしてだった。その人物は数百年の時を内包していたが、その年月は重なり合っていた。どれほどの時間だろうと、いちどきに経験したかのごとく。

ちょうど考えていたんだ、とその人物は銀鈴を鳴らすような声音で言った。ちょうど考えていたんだ、僕はそれほど歳をとってはいないけど、百年の幅がある。僕には実際の年齢があるけれど、長い年月に取り囲まれているんだ。こういう年月、このほぼ百年に近い年月は、じいちゃんからの贈り物だね。ありがとう。さあ、また眠れるように、ちょっと何か読んであげるよ。

北の彗星《コメータ・ボレアリス》——私たちは黄昏時に大気圏に入った。私たちは炎の尾をたなびかせていた。沖積平野で草を食む家畜の群の頭上を高速で飛ぶ、輝く白い炎の飛行跡だった。紫色の平原だ。大草原《ステップ》と台地、消滅した大洋の水底に広がる消滅した川の砕屑《さいせつ》岩。たぶん、遠くのほうでは革命があったのだろう——人里離れた霧深い、木々に覆われた川の湾曲部に建つ奪われた砦への襲撃が。だがここでは、重いコートを着たカリブーだけが、口をもぐもぐ動かすのをやめようともしないで、もじゃもじゃの頭を、ビロードのような枝角をもたげ、一方私たちは音もなくきらめきながら冷たい空を通り過ぎ、カリブーの潤んだ黒い目がそれを追ったが、それが目の性質であり、光の性質であるというだけのことだった。風が平原を吹き抜けた。私たちはカリブーも革命も見なかった。私たちは燃える導火線だった。下で暗くなっていく世界にはほとんど目をくれず、私たちは燃え尽きて無となった。

ジョージが死ぬ七十二時間まえ、ユニテリアン派教会の古い知人であるニキ・ボシェキが赤いアルファ・ロメオ・コンヴァーチブルに乗って、スカーフをなびかせて現われた。彼女は大きなサングラスをはずすと、ジョージの妻の両頬にキスした。ベッドにいるジョージを見るなり彼女は言った。あらジョージ、ハンサムさん！　彼女がジョージの額にキスすると、土色の口紅の痕がついた。ジョージは彼女が誰かわからなかったが、漫画のキャラクターのような間抜け面をしてみせた。で、このお美しいご婦人はどなたなのかな？　と彼は言ったが、それは実に適切な言葉だった。お愛想としてだけではなく、本当にわからなかったからそう言ったのだとしても。ニキはジョージの肩に片手を置いて、彼のことを根っからの紳士と呼び、顔を赤らめた。

ニキは、その最後にしてもっとも感動的な役柄が情け容赦なく過ぎゆく時間のなかで頑張る老いた元若手女優の役であった老いた元若手女優、といった服装の老女だった。彼女は、実際は看護師だった。ジョージ（彼女が誰なのかさっぱり思い出せなかった）やその妻とひとしきりしゃべると、彼女は疲れ果てた家族を部屋から追い払った。勤務時間までにまだ三時間あるんだけど、このかわいい人のお世話をするよりもいい時間の使い方を思いつかないの。剃刀とタオルとお湯をちょっともらえないかしら？　ジョージがきちんとひげを剃っていないなんて、間違ってるわ。この人、いつだってとっても身だしなみがよかったんだから。いつだってほんとに小ざっぱりしてたわ。
昼寝したりこっそり煙草を吸ったり横の庭で声をひそめて口論したりしていた家族が二時間後に戻ると、ニキはジョージの横に座って「世界の豪邸」という高級雑誌を読みながらシュガーレスガムを噛んでいた。ジョージは白いシーツに包まれて眠っていて、頭だけが見えていた。顔はさっぱりとしてなめらかで、髪は切りそろえて櫛で梳《と》かされていた。彼は眼鏡をかけていた。ニキは、床屋の椅子で眠ってしまったように見えた。なんと手際のいい、と家族が褒めると、ニキは、そうよ、そうよ、だってねえ、あたしたちには見た目しかないんだから、と言った。

時計の脱進機は、アンクルと呼ばれる小歯車《ピニオン》に取り付けられた軸つばと、時計の構造の先端部分に位置する雁木車からなる。これは時方輪列の最後に置かれている。時方輪列は時計の時を刻む部分である。時計にチャイムがついているなら打方輪列も備わっている。打方輪列は時計が時刻を打つ仕組みに動力を供給し、調節していて、もっとも簡単なものの場合、送り爪、小槌、小槌で打たれるとチャイムの音を出すコイル状の鋼からなっている。こうした輪列はそれぞれぜんまいばねによって動力を得ている。ぜんまいばね、あるいは主ぜんまいは、平たい鋼の長いリボンを螺旋状にしたものである。ぜんまいばねは螺旋のもっとも内側の端の部分で軸に取り付けられている。この軸は時計を鍵で巻くと回転する。すなわち、ぜんまいを巻くことになるのだ。ぜんまいばねは巻かれているあいだ、小鉤《こはぜ》と爪車装置によって解けないようになっている。より新しい時計では、ぜんまいばねは香箱と呼ばれる真鍮の円筒に納められている。主ぜんまいはその後解け、それによって放出される動力が歯車の列に伝わり、時計の文字盤で時針と分針を動かす。この輪列の端にあるのが脱進機である。主ぜんまいによって発生したエネルギーが最終的に時計から放たれるのがここだ。時計が時を刻む規則正しさを維持するのもまたこの部分である。かくして我々はアンクルと雁木車に戻ったわけだ。動力は雁木車を伝わるのだが、時方輪列の端に位置するこれは、歯車のなかでも最も繊細かつ優美で扱いに注意を要するものである。雁木車は歯車の列によって野生のエネルギーから文明化した使用人へと飼いならされた動力に、このうえなく精妙な任務を遂行するよう命じる。すなわち、アンクルと協力して、我々のこの地上の一日の八万六四〇〇秒を正確に刻み、さらに、一度に八日間、総計六九万一二〇〇秒、つまり一九二時間のあいだそれを行なうことを。この共同作業、この何十万秒もの一秒一秒が、ゆったりと過ごす冬の夜、赤々と火の燃える炉棚の上の置時計から心を落ち着かせ安心感を与えてくれるチクタクという音として耳に響いてくることもあろう。ホイヘンス（一六二九―九五。オランダの学者で振子時計の発明者）、グラハム（一六七三―一七五一。イギリスの時計師でトンピオンの弟子）、ハリソン（一六九三―一七七六。イギリスの時計師、クロノメーターを製作）、トンピオン（一六三九―一七一三。イギリスの時計師）、デボーフル（十八世紀スイスの時計師）、マッジ（一七一五―九四。レバー脱進機を発明したイギリスの時計師）、ルロイ（一六八六―一七五九。フランスの時計師、スプリング・デタント脱進機を発明）、ケンドール（一七二一−九五。イギリスの時計師、クック船長が使用したクロノメーターを製作）、そしてもっとも最近ではミスター・アーノルド（一七三六−九九。イギリスの時計師、最初のポケットクロノメーターを製作）と、この長い年月の点呼をとったなら、堅い決意を秘め忍耐強いとしても、慎ましやかで種々雑多な、思慮深い人々の列が見出される。皆、作業台に向かって背を丸め、真鍮にやすりをかけたり歯車を調整したり、指のあいだで鉛筆が鉛の粉末になってしまうまで思いついたことをスケッチしたりしたが、これすべて雁木車の動きを改良することによってより完璧に万能エネルギーを変形し、移動させるためなのだ。時計製作者よ、その仕組みの名称に耳を傾けよ。天芯、直進脱進機、チクタク、簀子《すのこ》形振子、バッタ脱進機、ラック＆ピニオン脱進機、重力脱進機、デタント脱進機、ピン歯車。我らが偉大なる吟遊詩人たち、丘や森をさまよい、古代の遺跡のあいだで草を食む羊について思いを巡らし、そしてそこに韻や韻律を見出す、つまりはこのうえなく甘美な詩の音楽を見出す、あの勇敢にして繊細な人々のように、我らが偉大なる時計師たちもまた、人間が奔放な自然から文明を抽出する過程には詩があることに気づくのだ！　ようこそ、同志よ、ようこそ！

——ケナー・ダヴェンポート師『思慮深い時計製作者』一七八三年より

家族や親しい友人はジョージの家に入るまえにノックなどぜったいにしなかったし、いつも裏口から真冬以外は使えるポーチを通ってキッチンへ入ってきた。ジョージは地下室で時計相手に作業しているか居間のソファで昼寝しているか（前腕で頭を覆うようにして、眼鏡はコーヒーテーブルに置いて）、あるいは昼食時だと、キッチンテーブルについて「ウォール・ストリート・ジャーナル」を眺めながら、食事の支度に時間がかかりすぎだと妻に文句を言っていた。これに対して妻はこう答える。あら、そんなに早く食べたいんなら、文句言ってないで自分で作りなさいよ。彼と妻はよくこんなふうに口げんかした。彼は妻の料理（非常に上手かった）や洗濯物（妻は洗うだけではなく、下着のシャツやブリーフも含めて一枚残らずアイロンをかけた）に文句をつけ、妻は、気に入らないなら勝手にしなさい、わたしは靴でも買いに行くわ、と怒鳴り返すのだった。それから二人して笑うのだ。だから家のなかは、糊と洗濯用洗剤とローストチキンとアマニ油と真鍮のにおいがした。居間に出現した訪問者に浅い眠りから起こされても、ジョージはべつに驚かなかった。（たとえ夜、騒々しくいびきをかいているときでも、ほんの小さな一言で彼は完全に目が覚めた。）

時計を預けに、あるいは受け取りに来る客たちは、居間に繋がる狭い通路に位置する玄関へやってきた。ジョージが死の病にかかった頃には、彼の妻は、段ボール箱に入れた黒大理石の置時計を持って、クルミ材の柱時計を小脇に抱えて、あるいはおんぼろの長枠時計をカートにくくりつけて歩道をがらがら引いて現われる訪問者たちに絶えず邪魔される生活に、うんざりしていた。彼女はまたジョージが客と話すときの、気軽な冗談交じりの親しみと腹に一物ありげな未練が組み合わさった態度にもうんざりしていた。客が小切手帳を取り出していくら支払ったらいいのかとたずねるときが、彼女にはとりわけ気詰まりだった。値段は決まって、相手を怒らせるとまではいかなくとも、驚かせるようなものらしかった。訪ねてくる予定の客がほとんど、あるいはまったくない日には、ジョージはよくノースショアとケープアンじゅうを車で走り回って、発行元の銀行で小切手を換金しては、自分の預金口座にすべて現金で入金した。彼はまた六つの異なる銀行に貸金庫を持っていて、そこにこつこつと百ドル札を貯め込んでいた。彼が死ぬ頃には、この六つの貸金庫の現金に、財務省短期証券でいっぱいの金庫がもうひとつ、当座預金口座が三つ、普通預金口座が二つ、それに譲渡可能定期預金証書が七通、合計八つの異なる銀行に貯めこまれていた。金利や元本、複利やしっかり帯封された紙幣の束を確かめて安心するために、ジョージはそれぞれの銀行を定期的に訪れていた。

ジョージがもっとも足繁く訪れたのはセーレム・ファイブ銀行イーノン支店の支店長であるエドワード・ビリングズのところだった。エドワードはジョージより一フィート半背が高く、三つ揃いのスーツをぴしっと着こなした肉付きのいい堂々たる西洋ナシといった風体だった。彼の頭までが丈長く伸びているように思えた。てっぺんは禿げあがったドームで、銀行の天井の明かりがあまりにぴかぴか反射しているので、内側から光っているように見えた。頭の周囲を取り囲んでいる帯状の髪の毛は丹念に染められていて、祈っているか説教をしているかのように両手の指先をぎゅっと合わせていないときには、中指の先で頭蓋の後ろのほうを撫でつけている。一月のある火曜日の朝、銀行の奥のエドワードの机の後ろに並んで立って、壁に掛かっている特別大きなウィーン風標準時計を眺めている二人は、ボードビル芸人のように見えた。ジョージはエドワードのためにその時計の点検整備を引き受けていて(もちろん銀行の経費で)、二人は静止した振子を見つめながらしゃべっていた。

こいつめ、突然止まっちまってね、クロスビーさん、とエドワードは言った。

こういうやつは油断ならんですからねえ、とジョージは答えた。経験を積んだジョージの見るところ、時計は単に、巨大な銀行家が机の後ろに自分の体をねじ込んだり引っ張りだしたりするたびにこすられて水平ではなくなっているだけのことで、そのせいで振子はいつも動き出して十分たつと止まってしまうのだった。エドワードの電話が鳴り、彼は失礼と言って電話に出た。彼はジョージに背中を向けてうつむいて話していた。彼が電話のむこうのホワイトさんなる人物に、はい、週末までには概要が手に入りますから、などと言っているあいだに、ジョージはフックに掛けられた時計をまっすぐに直した。エドワードはまたジョージのほうを向くと、人差し指を立てて頷いてみせながら、受話器にむかって、はい、はい、それで結構です、遅くとも金曜日、リン支店がさっさと取り掛かれないようでも、どんなに遅くとも土曜の朝には、と言った。ジョージは頷き返して、声は出さずに口だけ動かして、ちょっと車に戻ってきます、と告げた。

ジョージは脚立とぎっしり道具を詰めた釣り道具箱を持って銀行のなかへ戻ってきた。時計の前に脚立を立てると、彼は時計の大きなガラスの扉を開き、脚立に上って内部を覗きこんだ。唸り声をあげ、罵り、脚立を降りて道具を変える。彼はこれを三回繰り返しながら、そのあいだずっと子供たちや孫たちのこと、彼らの冬の衣類や屋根の葺き替えのこと、彼らの調子の悪い変速機や破綻しかけた結婚生活のこと、私大での五年目のことなどを考えていた。三十分たって、彼はついにこう言った。ははあ、わかったぞ、このボロ時計のク——そして彼はハンカチで額を拭いながら脚立から降りた。エドワードは黄色い用紙に記入すると、出納係の引出しから百ドル札を三枚取り出し、ジョージは即座にそれをそのエディという名前の、一九六一年にこの支店が開店して以来ずっとそこで働いている中年の女性出納係にまた渡し、これもあの奥のちっちゃな灰色の箱に入れといてよ、君、ほかのといっしょにね、と言った。そうおっしゃるだろうと思ってたわ、クロスビーさん、彼女は笑いながらそう言うと、ガムをぽんとはじけさせた。彼女は札を受け取ると親指を舐めて一枚ずつ二度、一、二、三、一、二、三と声に出して数え、電子システムを解除して銀行の金庫室へ入った。その一瞬、静かで整然としていて、天井のスピーカーから気の抜けた音楽が頭上に穏やかに流れる銀行が、ジョージには黄金の光に包まれているように見えた。

ジョージの地下の作業部屋の壁紙は、こげ茶の地にカラマツの枝の模様だった。さまざまな状態の修理中あるいは修理まえの時計が壁に掛けられていて、チクタク動いているものもあればそうでないものもあり、側《ケース》に収まっているものもあれば、一対の針のついた真鍮の機械がむき出しになっているだけのものもあった。カッコー時計にウィーン風標準時計、校舎用時計に古い駅舎時計がまちまちな高さに掛けられている。二十五から三十の時計が壁を埋めていることがよくあった。ジョージが売りたいと思っている時計もあった。どれもしるしはつけられていなかった。机の左側の戸棚は白木の松材でできていて、階段下のスペースに収まっていた。松材と樹木柄の壁紙と時計の木質部に囲まれて、それに窓といえば天井近くの壁にある小さな二つの排水パイプ用の穴だけなので、なんだか奇妙な、チクタク音のする木陰のあずまやにでもいるような気分になるのだった。ジョージは日中ずっと机に向かい、遠近両用眼鏡をかけて、それに、精密作業用クリップ式ルーペのレンズも一枚か二枚使うことが多いが、時計の真鍮の内臓を覗きこみ、心軸や歯車や歯止め装置を押したり引いたりしながら、存在しないメロディを鼻歌で歌い、それは彼が無意識に作曲する片端から消えうせてしまうのだった。この舞台装置で、彼はじっとしていられない何人もの孫たちに気も狂わんばかりの思いをさせてきた。自分が鼻歌を歌いながら、これといった結果が出るわけでもないまま突きまわすのを、堅い椅子に座って見ていろと強要するのだ。これこそ夢中になるべきことなんだぞ、なあ。いいか、こうやっていくらか金を稼ぐことができるんだ。孫たちには祖父の鼻歌から聞き覚えのある歌の断片を聞き取ってみようとするくらいしかやることはないのだが、これは子供たちの誰もできたためしがなく、あとは、壁に並んでいるだけではなく、いくつかある折り畳み式トランプ用テーブルや、古い簡易ベッドや、作り付けの本箱の棚にもびっしり置かれているさまざまな時計のチクタクいう音が互いにぴったり合ったりずれたりする具合に耳を傾けることくらいだった。ごくまれに、部屋のすべての時計が同時にチクといったように思えることがあった。ところがつぎのタクになると、どれもまた互いにずれ始め、ジョージの不運な犠牲者は、またじっと座って音が合致しないか聞き耳をたてていなければならないのかと思って、泣きそうになるのだった。部屋の唯一の明かりは四〇ワットの電球を取り付けた小さな壁灯とジョージの精密作業用の蛍光灯スタンドで、スタンドはデスクの上に留め金で固定され、時計の仕掛けのどんな奥深いところでもほぼすべて照らせるよう、考えつくかぎりの角度で引き寄せられるようにできていた。この照明は、アンティーク時計の修理という神秘的で苦難に満ち、遅々として進まず少しも劇的なところのない営為を見守るよう強いられた子供に、もうひとつだけ気晴らしの種を与えてくれた。漂う埃を眺めるのだ。精密作業用ライトの明かりは、修理中の時計の周囲を舞う空中の埃をきらきらと照らしだした。部屋のあとの部分は数々の時計や常緑樹の壁紙も含めて暗いので、明かりの光輪のなかへ舞い降りてきたり横切ったりする正面から照らされた埃の点々と、完璧なコントラストをなしていた。あの点々はインナースペースを探検するミニチュア化された宇宙船なのだと、子供は想像するのだった。巨人がタイムマシンを修理している。巨人がくしゃみしたり急に動いたりして渦を巻き起こし、どうしようもないほど軌道からそれてしまうことのないよう祈るしかない。宇宙船は羊毛とフケだけでできてるんだから！

鳥の巣の作り方——鋳掛け屋《ティンカー》の使う錫板を一枚とる。頑丈な鋏で三角形を四つ切りとる。三角形は小さくなくてはならない。高さも幅も半インチか、できればもっと小さいほうが好ましい。三角形の底辺の二つの角に近いところに、小さな金づちとなるべく細い釘か坊主釘を使って穴を開ける。大きなしっかりした縫い針ならなおよい、そのほうが穴が小さくなるからだ。頂点から底辺の真ん中にむかって頭のなかで線を引き、それに沿ってそれぞれの三角形を折る。折る角度は、肉眼で見て（この道具の有用性は正確な数学的計測にかかっているわけではないので）できるだけ九〇度に近くなるように。一定の長さの釣り糸か調理用糸か丈夫な縫い糸でそれぞれを繋ぐ。ここからは忍耐が必要である。形作った錫を順に左右それぞれの手の人差し指と親指の爪にかぶせ、それぞれの三角形の先端が指先からほぼ四分の一インチ突き出すようにする。それぞれの三角形を、糸を指の第一関節にしっかり巻いて（だが、血液が循環しなくなるほどきつくしないように）指に結わえつける。これから述べることには練習がいるかもしれない。親指と人差し指の腹同士をくっつける。これをくっつけたまま前後にうねらせることによって、折られた二つの三角形はさまざまな形でくっついたり離れたりするはずだ。これがくちばしとなる。これを使って草や小枝やきらきら光る飾り紐やほつれた糸を拾い、どの種類の鳥の巣を作りたいかによって選んだ木や灌木や茂みの枝に編み込んでいく。（この作業自体、準備が必要で、自分で作ってみるまえに、作りたい種類の巣の実例をできるだけ多く研究しておくのがよいであろう。さらに望ましいのが、春の日の午後、なるべく頻繁に、鳥たち自身が巣づくりをしている様子を観察することである。どういう編み方が必要か学ぶうえで、そうした観察は大いに役に立つだろう。）ただし心しておかねばならないのは、巣のための材料は一筋一筋集めなければならないということである。鳥は、彼らの言うなれば木材を一度に集めるわけではなく、厚板やこけら板をそれぞれひとつずつ探し出していくのだ。かような鳥流のやり方は進歩的な考え方の巣の作り手には初めは馬鹿げているように思えるかもしれないが、この作業の楽しさは効率のよさに由来するものではないということがすぐにわかるだろう。（これまた望ましいのが、巣を編むのがどんどんうまくなってきたら、つまりはひとつのくちばしだけで作業するようになることである。そして、そうなるとここでもまたひとつ誘惑を克服せねばならないい——空いているほうの手は後ろに回して、人間の手で鳥たちの手助けをしないようにしておくこと！）

巣が完成したら、なかに何を入れたらいいだろう？　もちろん、何でもお望みのものを。へたを取ったどんぐり、川でなめらかになった石、愛する人の巻き毛、初子の乳歯——巣に収まり、訪れるたびにそのもののことを思って満足できるならどんなものを選んでもいい。そうこうするうちに、自分の暮らす地域じゅうにそういう巣の群ができるかもしれない、ひとつひとつがそれぞれの特別な宝物を抱いて。

——ハワード・アーロン・クロスビーにより作成された挿絵
および説明図つきの失われた小冊子、一九二四年より

ハワードは土曜日の朝七時、ノース・フィラデルフィアへ入った。九時には、荷馬車と商品を二十ドルで売り払ってグレート・アトランティック＆パシフィック・ティー社（スーパーのチェーン、一九二五年設立）のレジで商品を袋詰めする係になっていた。店長のハリー・ミラーに名前を聞かれて俺は考えた、荷馬車と在庫品のありったけを盗んで自分のものとして売ってしまったのだから、俺の名前はもうクロスビーじゃないぞ、そして俺は答えた、ライトマン、アーロン・ライトマンです、と、名前のほうにしたってそのままでいいのかどうか確信が持てず、かといって自分の名前をそっくり失いたくはない、最後の糸まで断ち切ってしまうのは嫌だしで、ミドルネームを使った、そんなわけで俺はここでこうして自分のベッドに俺の妻と、

キャスリーン・クロスビー旧姓ブラックではなく、メガン・ライトマン旧姓フィンと並んで横になっている、このアーロン・ライトマンは。彼はスーパーの袋詰め係として働き始めた。彼はこの仕事が大好きだった。新しいごわごわした茶色い紙のにおいが、紙袋の束が、角張ったパルプの塊が、重なった袋を引きはがすのが、ぱしっと袋を開くのが好きだった。そして袋に詰めていくのも好きだった——箱や広口瓶やボトルや缶や肉屋の紙にきちんと包まれて紐でぎゅっと結わえてある肉や専用の袋に入った焼きたてのパンを詰めていくのが。ひとつひとつの袋にパズルのようにきちんと詰めていくのを誇りとしていた。一立方フィートか二立法フィートの矩形の空洞に、女性が運ぶ際に重くなりすぎないよう、それと袋が破けないよう完璧に釣り合いを保つようにしながら、たいていのものを詰めるのだ。女性客が買ったものをレジのカウンターに積み上げはじめるや、ハワードは頭のなかでそれを仕分けしたり並べたりにとりかかり、クラッカーやポットローストや小麦粉の袋が彼のほうに押しやられてくる頃には、それらをもうすっかりいくつかの茶色い袋にきちんと詰めてしまっているので、あとはただ彼の脳裏にあるそのいくつかの袋を実際のリンゴやラードの缶や塩の箱で具現させればいいだけなのだった。雇われて二か月後、彼は青果部門の主任に抜擢され、果物と野菜で楽園を作り上げた。彼はオレンジとレモンとライムのなかにテーペを作った。レタスとブロッコリーとアスパラガスで太古の森を作った。彼はワックスと冷水と梱包用の箱のにおいに、下にある甘い果肉の噂をささやく薄皮や外皮のにおいに魅せられた。六か月後、彼は店長補佐となった。彼は週に七日働き、競合他社と比べて自社を激賞する詩を書いた（床はどろどろで俺は間抜けな気分、俺はそいつをレッド・ランタン石鹼でごしごし洗い流した）。彼はメガン・フィンという名前の女と結婚し、彼女は目を覚ました瞬間から休みなくしゃべった――さあ、また神様の下さった一日の始まりだわ！　卵とハムにしようかしら、それともパンケーキとベーコンにする？　ブルーベリーがちょっと残ってるけど、あの卵は使っちゃわないと悪くなるしねえ、ブルーベリーはフルーツパイに入れて今夜のデザートにしてもいいし、なんてったってパイはあんたの大好物だし、それにむずかる赤ん坊に温かいミルクが効くみたいに、あんたは甘いパイ皮を食べると気分が落ち着いて眠れるしね、でもどうしてなんだかあたしにはわからないけど、だって、砂糖は人をいらいらさせるってどっかで見たのよ、まあでも効き目のあるものに文句をつけるつもりはないけど――彼女が眠りにつくまで。ああ！　また一日経っちゃった、そしてあたしたちはここでこうしてくたくたで、正直者で、莢のなかの二つの豆みたいにお似合いのカップルで、愛し合ってて幸せなのよね、莢のなかの二つの豆！　これって馬鹿げてない？　豆はペアで入ってるわけじゃないわ！　もしそうなら、莢を剝くだけの価値ないわよ、スプーン一杯分取り出すだけでもうんと時間がかかっちゃうし、九時から十二時まで埋まるくらいとなったらとんでもないわ、目の見えない人はそうやってお皿のどこに食べ物があるかを知るのよ、時計みたいにして、ハムは六時半！

ビスケットは四時！　ってね、ヘレン・ケラーもそうしてたのよ、きっと、そんなふうにね、ジャガイモは正午！　おやすみなさい、ダーリン。

　メガンは缶詰工場で選別係をしていた。あのね、あたしはインゲン豆とかエンドウ豆とかニンジンの選別をしてるの……うん、すごくきついし、退屈だし、それにうんと早くやらなくちゃいけないのよ！　アスパラガスが来るでしょ、その途端にあたしはそれを大きさや色や品質によって仕分けしてべつべつの容器に入れなきゃならないの——それもさっさと、さっさと、さっさと！——だけどね、それにはちゃんとした理由があるんだし、缶詰の食品は生のものよりいいのよ——あらごめんなさい、青果マンさん！——だってね、ちっちゃな豆を缶ごと加熱処理するより家庭で調理するほうが、鍋から出る湯気のなかにビタミンがたくさん逃げちゃうのよ。なんで知ってるかっていうとね、白ネズミを使っていろんな実験をして缶詰の豆のほうがビタミンが多いってわかったんだって教えてもらったの。壊血病を防ぐためには、生野菜ならちっちゃな缶詰の五倍必要なのよ！

　ハワードは毎日、彼女に花を持って帰った。それにオレンジも。毎晩店を出るまえ、彼は青果コーナーに立ち寄ると果物の箱のところでぐずぐずしてはレモンやオレンジの清潔な香りを、柑橘類の芳香を吸いこんだ。その刺激的なにおいで元気が出る。ライムの箱に突っ込んでいた鼻を上げた彼は、さわやかな気分になり、妻のもとへ帰りたくてたまらなくなるのだった。思いついたことをそのまま声に出し、不快な沈黙、薄氷のように足元で割れてお前は溺死するぞと宣告する沈黙のなかでぐるぐる渦巻いたりためこんだりしているものなど一切ない妻のもとへ。

夜、ジョージは目が覚めた。ほとんどしゃべれなかった。孫息子のひとりがソファに座っていた。彼はアーマ、と妻の名を口にした。じいちゃん、何？　アーマ。ほんの囁き声しか出ず、その名前は彼の口のなかでかけ離れた音になった。彼は息をうまく形作ることができず、舌を上の奥歯につけて最初の子音を発音することができず、二番目の子音をようやく声に出せた――マ――それで、ウーマという発音になってしまった。ウーマ。水《ウォーター》？　水がほしいの？　ウーマ。アーマ？　ばあちゃんに来てほしいの？　ああ。ああ。そうだ。

彼の妻は夫婦のベッドからやってきた。彼が死んでいくあいだ毎晩そこにひとりで横たわっては、数時間うつらうつらしていたのだ。彼女は濃いブルーのパイピングを施した薄い青の綿のガウンを着ていた。廊下の木の床でスリッパを引きずるようにしていたが、それは小股で歩くのと眠気と疲れでちょっと足を引きずっているせいだった。居間の床を覆っているペルシャ絨毯の上に来ると、引きずる音は止んだ。彼女は夫の頭の横に立つと、かがみこんで彼の顔を撫でた。ああ、ジョージ、あなたはわたしの心の喜びよ。わたしたち、二人ですてきな人生を送ったわよねえ？　いっしょに世界中を旅行したわ。彼女は鳥の絵のついたジュース用のグラスで夫に水を飲ませた。水のおかげで口を動かしやすくなり、彼はしゃべった。本を読んでくれているのは誰だ？　誰が読んでるんだ？　あの本はなんていうんだ？　何の本なの、ジョージ、と彼女は訊いた。チャーリー、あなたおじいちゃんに本を読んであげていたの？　ううん、ばあちゃん、とチャーリーは答えた。彼女はまたジョージのほうを向いて言った。誰もあなたに本を読んでなんかいないわよ、ジョージ。大きな本だ、とジョージ。いいえ、あなた、本なんてないわ。誰もあなたに本を読み聞かせたりしていないわ。ここには誰もいないのよ。

ハワードはフィラデルフィアでは発作の回数が減った。発作が起きると相変わらずぼうっとしたし、相変わらずまるで電気の火が体を通り抜けたようなぴりぴり焼かれる感じがした。だが、発作のあとはメガンの陽気な介抱を楽しむことができた。メガンは彼をベッドへ連れていき、こめかみをさすり、熱いお茶を飲ませてくれる。自分の三文小説を朗読することもあった。彼女は発作にうろたえなかった。そういう発作を神聖なものと考える文化もあるのだと、彼女はどこかで読んだことがあった。ああ、愛しい、愛しいアーロン、ひどい発作だったわねえ！　うちのいちばん上等な陶器をすっかり割られちゃうかと思った、飾り棚のカップやお皿がぜんぶガチャガチャいうんだもの。まったくねえ、きっとひどい気分なんでしょ。ベッドに入って暖かくしましょうね。今度はどんなにおいがする？　何かの味がする？　ポークチョップだといいんだけど、だって、今夜の晩ご飯はそれなのよ、でなきゃアップルパイ、あたし、今朝ひとつ焼いたんだもの。今度はあんまり血が出なくてほんとによかったわ。舌はぜんぜん嚙んでないんでしょ？　あの箒の柄は使えるわね。ちょうどいい大きさだし、嚙み切っちゃうことはないだろうし。あの柄、犬に嚙まれたみたいになってるわよ！

しまいにメガンは夫を説得して医者に行かせ、医者は臭化カリウムを処方してくれ、おかげで発作の頻度はさらに減った。まったくねえ、カナダにはどんなまじない師がいるのか知らないけど、ここ合衆国じゃ、医者の水準は世界一なのよ。聞いた感じからすると、あんた、狂犬病の犬みたいに撃ち殺されなくて運がよかったわよね。あたしの犬のミスター・ジッグズはね、あたしが子供の頃狂犬病にかかって、口から泡を吹いて、よろめきながら庭をぐるぐる回ってね、父さんが工場からチャーリー・ウィーヴァーのショットガンを持って急いで帰ってきて、ミスター・ジッグズをその場で撃ち殺してしまって、あたしは一週間泣いたのよ。あの犬はほんとに自由な心を持ってたわ！　男の子を片っ端から追いかけちゃあズボンの折り返しを引きちぎるし、ご近所の花壇をぜんぶ掘り返すし、毎日猫を一匹晩ご飯に食べてたのよ。可哀想なミスター・ジッグジー！

北の家《ドメスティカ・ボレアリス》——1　新年の朝、道端に捨てられたクリスマスツリーのきらきら光る飾り紐をカラスが巣作り用に集めているのを私たちは観察した。2　我が家の窓の鉛枠のガラスについた霜がレースのようになっていくのを私たちは観察した。3　私たちはトランプを釣り糸で縛って家を建てた。4　日曜のディナーのあと、私たちは粗布の懺悔服に着替えて年下のいとこたちに野生のリンゴを投げつけた。5　私たちは藁でくじ引きをし、コイン投げをし、ダイヤモンドゲームをした。6　寝室を選ぶ段になると、私たちは部屋を決めるために腕相撲をした。勝者は王冠を戴いたキングや祝福を授けるクイーン、ふざけているジョーカー、意味ありげに笑うジャックで華やぐ部屋を選んだ。敗者は2や4や7でできたもっと質素な空間をあてがわれた。とはいえ皆、艶やかなクラブやスペード、怒りのダイヤ、血のように赤く、今にも鼓動しそうなハートにはすっかりまいってしまった。

死ぬ四十八時間まえ、ジョージは最後に目を覚ました。それまで二日間意識がなかったのだ。彼が状況を悟って皆にいろいろ言っておかなくてはと思ったのはこのときだった。階下の仕事台のなかに二千四百ドルの現金が隠してある。壁に掛けてあるサイモン・ウィラードのバンジョー時計は彼が人に話してきた十倍の価値がある。貸金庫のなかに献辞入りの『緋文字』の初版本がある。彼は皆を深く愛している。

彼は体の主要器官系の最後のものが停止し始めたときに目を覚ました。肺に液体がいっぱいにたまり、溺れているような気がした。しゃべろうとしても、枯れ井戸の上で回る錆びた滑車みたいな音が出るだけだった。彼は助けを求めてベッドの周りにいるひとりひとりの顔を順繰りに見た。これは家族を、とりわけ彼の妹のマージョリーを動転させ、彼女は泣きながら兄の大きく見開いた目を見つめ、何度も何度もこう言った。兄さん、ひどく怖がってるみたい。兄さんったら父さんみたい。兄さん、ひどく怖がってるみたい。兄さんったら父さんみたい——しまいに彼女はいとこのひとりにキッチンへ連れていかれた。孫息子が言った。さあ気を楽にして、じいちゃん、慌てるとよけい息ができなくなっちゃうよ。彼はさらにあえぎ、いっそうせわしなくあえいだ。孫が言った。どんな気分かわかるよ、じいちゃん。僕が喘息の発作を起こすときもそんなふうになるんだ。僕も怖くなるよ、息ができないのが怖くなる、でもちょっと気持ちを楽にしてみると、いつも息ができるんだ。僕もそんなふうになるんだよ。彼はその若い男を、自分の知っている、信頼できる人間を見た。目を閉じながら、彼の耳には相変わらずぜいぜいいう音が聞こえていたし、自分の体のぐったりした重みを感じていたが、それと同時に自分がその体から離れかけているのも感じていた。まるで、以前は彼の体にぴったり合っていたもの、そしてそこにぎっしり満ちているということがこの世にあるということを意味するものの輪郭とか境界線のちょっと下で寝ているみたいなのだ。水面のちょっと下で仰向けになって寝ているような感じがする。声が高くなったり低くなったり、体がどすんどすん動き回ったりする音が上で響く。何もかもどんどん無関係に、他所事になっていくように感じられた。彼は誰かが、だめですよ、だめですよ、今は眠らせていますからね、と言うのをかろうじて聞き分けた。

時計で、好きな時間を選ぶ。そうすれば、時計の目的とは、針をその時間に、選んだ瞬間針がそこから離れて時計に描かれたそれ以外の記号や目盛や数字の上を滑っていく、その時間に戻すことなのだと考えることができる。表面のそういったほかのしるし自体は取るに足りないものとなる。それらは今や選んだ時間の方向を示す単なる手がかりでしかないのだ。そしてまた、時計の歯車やぜんまいについて、それぞれ固有の機能を持ってはいるが、全体の構造のなかにおいてそのより大きな目的は選ばれた時間に戻ることなのだ、とも考えることができる。かくのごとく、時計は宇宙に似ているのである。なんとなれば本当のところ我々の宇宙は、天空の歯車や高速回転する玉軸受《ボールベアリング》、太陽の溶鉱炉、すべてが人間を（そしてじつのところ、他の、我々の意識にはのぼらない思いもよらない隣人たちをも！）、我々が聖書で「堕落（アダムとイヴの原罪）以前」として知っているあの選ばれた時間へ戻すべく協力し合っているものからなるメカニズムなのではないのか？　そして時計の表面を這いながら、表面全体を、数字のサイクル全体を、短針と長針（予測可能な軌道で空を通過し、見慣れた影を投げかけ、まさにその繰り返しを通じて安心感を与えてくれるのだが、最終的には困惑を与え、さらなる深い神秘の考察を求める）を見ずに、下に何があるのかということについておよそはっきりしない概念しか抱かずに歯車の列やぜんまいを覆い隠す表面を踏みしめるだけの無知な昆虫のように、人間は、この地球の埃っぽい表皮の上で足搔いたり思い悩んだりしたりしながらも、神が定め、神のみが知る目的があり、それは善いことであり、恐るべきことであり、口にするのも憚られることであり、理性的な信仰だけが我々のこの壮大にして堕落した世界のはなはだしい苦痛や悲哀を和らげることができるのだという事実以外、この世界の、そしてじつのところこの宇宙の目的もわからないのだ。親愛なる読者諸兄よ、時計はかくも単純で、かくも論理的、かくも高雅なのである。

——ケナー・ダヴェンポート師『思慮深い時計製作者』一七八三年より

一九七二年の一月のある夜、ハワードの注意はベッドで読んでいた本からさまよい出た。彼は自分の寝姿を想像した。安らかな寝顔から鳥瞰的視点へとパンすることができたらどうだろう、仰向けの姿勢で漂っている姿を見ることができたらどうだろう、眠りの広大な暗い海ではなく、浄化そのもののなかで横になっていて、魂とでも何とでも呼べばいいものは体から抜け出してしまい、だから横たわっている体に見えるものはその魂と呼ばれるものにもっとも似つかわしい姿というにすぎず、魂は日に照らされて蒸発する海水のように塩が抜け、したがって、ベッドに横たわってため息をついたり何かもごもご言ったりしている現実の体はむしろフケのようなもの、神話に出てくる塩の柱のようなものになっており、一方で、魂とでも何とでも呼べばいいそれは、何らかの方法で自らの実体に影のように再びくっつき、あたかも、覚醒中の彼自身が職場から帰宅しようと通りを歩いているとき、彼が作り出した影、オレンジを六個入れた紙袋を小脇に抱え、もう一方の腕で小さなユリの花束を抱えた男の影が彼自身の縮小版となっていたのが、不明瞭な光、闇の投影によって決定づけられる単純な二次元性から解放されると、自立して、男のシルエットとは関係なく自由に動ける、といった具合なのだが、おそらくは、日が沈んで照明が落とされると、つまり、太陽や照明やさらには月によって影が投げかけられるかもしれない平面や表面と体とのあいだに光が差しこむ可能性がすべてなくなると、実際にそうなるのではないか。自分の影も自分と同じように夢を見るということを疑う理由は彼には見当たらなかった。というのも、自分自身がほかの何かの——誰かの——影で、ことによると彼の眠りや夢でさえもほかの誰かの影としての彼の義務の一部であり、もしかするとそのほかの誰かが夢を見ているあいだ、彼は自分の覚醒中の人生を自由に生きることができるのかもしれず、そんな具合に交互に持ちつ持たれつ繋がっていく人生が一種の沈み彫りとなっているのではないかと想像できたからだ。それぞれの影の目覚めている時間は、影の持ち主の眠りの反対側なのだ。彼はこのことをベッドのなかでメガンに説明しようとした。彼は

『世界名作詩集』を胸の上にテント型に伏せ、彼女は『ティンズリー・グレインジの哀れな孤児たち』の読みかけのところに人差し指を挟んでいた。彼女は言った。きっとそのせいね、ときどき眠れない晩があって、恐ろしい夢をいろいろ見たりするのは。大きな暗い家に自分が知ってる人がいっぱいいるのにむこうはこっちが誰だかわからなかったりとか、女の人と双子の娘が湖の氷のなかで凍ってて、三人の長い髪が絡み合ってたりとか。影が昼寝したがると、こっちは影が眠れるように起きなきゃならないんだわ。すごい！　そしてあんたの影があんたを起こして、それであんたがあたしを起こしたら、あたしの影もきっと昼寝しちゃうのよね！　もしかしたらあたしたちの影はぐるになってるのかもよ、ねえ。もしかしたら共犯者なのかも、ちょうどあたしたちみたいにね！　そうだね、もしかしたら。もしかしたらそうかもしれない、とハワードは言い、メグの耳にキスし、本を閉じ、眠りに落ちて、そして死んだ。

　ジョージが死ぬ際、彼の手足からは黒ずんだ血が退いていった。まず彼の足から去り、ついで下肢から去った。そして手から退いた。彼はうんと遠いところからやっとそれに気づいた。血が退くときには、まるで蒸発していくかのようだった。まるで血が、あまりに希薄で自身のミネラルを運ぶこともできない霧のごとき精気に変じたかのようだった。かくして血は蒸発し、彼の乾いた血管の通路に塩と金属の滓を残した。彼の血の失せた脚は木のように堅かった。彼の血の失せた脚は板同様死んでいた。骨と皮の足は、乾いた血管――今やガット弦のように丈夫で鉄鎖のように強い、金属で強化された塩漬けの血管――によって束ねられた鉛の錘のようだった。彼の胸のなかへ手を突っこんで心臓から出ている血管を摑んで引っ張り、両足の重い骨を脚と胴体を通して持ち上げて、あのほとんど消耗しきったエンジンのすぐ下からぶら下がるようにする、そうすれば、そのずっしりした重量が動脈や静脈を引っ張り、両足の骨がまた体のなかを下がりはじめれば、かの疲れきった器官をもうほんのちょっと長く動かすことができそうだった。だが彼の心臓は脆弱で疲れきり鼓動が乱れていた。管継手がぼろぼろになっていた。粘着性の瘢痕まみれだった。今や彼の血はこれ以上ないほど弱い鼓動によって心室をちょろちょろと流れていた。以前は柔軟で強い筋肉に管理統括されて渦を巻いて流れていたのに。

彼の顔は青白かった。もはや表情を浮かべてはいなかった。本当のところ一種の平穏を示していた、というか、より厳密に言えば、その平穏を予言しているように思えたが、かような平穏は人間のものではなかった。顔は息を捉えては、それをはためく小さなあえぎやため息に乗せて漏らした。顔はもはや光には反応しなかった。影がその上をよぎると、顔はただその角度を示し、その長さによって一日の巡礼の行程を示した。もちろん、ジョージの家族は日の出や日没のぎらぎらする光が直接彼の顔にあたらないようにしていたが、家族がカーテンやブラインドを調節するのは彼ら自身の一時しのぎのため、生きている目、生きている肌のためであって、病院用ベッドに横たわる彼らの夫、兄、父、祖父の視覚とは何の関係もなかった。人間らしい斟酌はもはや彼とは無縁だった。そうした斟酌は今や肉体的な心地よさをもたらすことによってしか表わすことができなかったが、肉体的な心地よさは彼にとっては無意味だったからだ（それにとっては、と言うべきか。なぜなら、今や彼の家族の前に横たわっているのはそれだったのだ——以前は彼であった物体——少なくともその彼は、消えうせようと、死のうともがいているそれとして捉えることもできるものの、泣いている妹や娘たちや妻や孫たちがひしめきあい、件のそれが人の生のパントマイムをなんとか続けている居間から遠く遠く離れた深淵を探っている、という状況においては）、彼の時計にとって無意味なはずであるのと同じく今の彼にとっては無意味だったからだ。彼の家に並べられ、埃を払われ、アマニ油を優しく塗られて、ちやほやされ、それがまだ過去形《ワズ》ともならないうちに悼まれ（なぜなら生者は過去形《ワズ》という不可知のことに対してそのようにして備える、というか備えようとするからだ——過去形《ワズ》をいまだ近づきつつあるものと思うことで。たぶん、過去形《ワズ》が不可避であるがゆえに彼らは嘆くのであり、自分が過去形《ワズ》となることについての自身の、人間的な恐怖を、ほとんど過去形《ワズ》となってしまってもはや彼らの人間的な悲嘆を受け入れようとしない、というか単に受け入れることができないそれに向けてしまう、というのがより真実に近いのだろう）ながらも、壊れたぜんまいが緩み、あるいは鉛の錘が、もうどうしようもない、これを最後の降下を果たすあの時計にとってそうであるのと同様に。

彼は時計だと思った発作を起こしたときの彼は時計のようだと壊れて破裂する時計のぜんまいみたいだと。だが彼は時計みたいではなかった、というか、少なくとも俺にとって時計みたいだっただけだ。だが彼自身にとっては？　わかるものか。だから、時計みたいだったのは彼ではなくて俺だ。

一九五三年には二つのことが起こった。新しい州間高速道路が開通し、ハワードの二度目の妻の母親がピッツバーグで病気になった。メガンはピッツバーグへはついてきてくれるなと夫に言った。母親はこのうえなく厳格なカトリック教徒で、娘がメソジスト派の牧師の息子と結婚したと知ったら、病気が回復する見込みなどまったくなくなってしまうだろうから、と。母さんはあたしの名前を交えた呪いの言葉で口をいっぱいにして死んでしまうわ、と彼女は言った。これはつまり、ハワードはクリスマスをひとりで過ごさねばならないということだった。メガンはバナナクリームパイとミートローフを焼いた。彼は妻をバス停まで歩いて送っていき、ピッツバーグとそこに至るまでの各停留所に停まる四時三〇分発のバスに乗せた。彼女はずっとしゃべりどおしだった。彼女はバスの窓を開けて、パイに添えて食べる十五分まえにバニラアイスクリームを冷凍庫から出しておくように、そうすればちょうど彼好みの柔らかさになるから、と夫に指示し、そして、愛してるわ、と言った。大丈夫だよ、大丈夫だよ、と、ピッツバーグに妻の母親がいたことにまだ困惑しながらハワードは答えた。二十五年のあいだ、妻にはピッツバーグに母親がいたのだ。

五か月前に、州間高速道路が完成していた。道路は東海岸へと長く延びていた。移民や渡り労働者、肉体労働者たちが打ち固め、切り開き、発破をかけ、森や川や峡谷や山並みや沼沢地を通して表土をはがし、そしてその道に良質のきれいな砂利を敷き詰め、焼けるように熱いアスファルトを流し込み、ローラーで均し、冷やして、中央に線を引いたのだ。こういった新しい高速道路の名前は数字だった。クリスマスの前日、彼は冷えたミートローフのサンドイッチとコーラの瓶を六本紙袋に入れ、それに洗面用具一式も加えると、A&Pの友人ジミー・ドリザスに電話した。彼はジミーに車を、古いフォード・セダンを貸してもらえないかと頼んだ。ああいいとも。今年は義父母がこっちへ来るんだ。いいとも、使ってくれよ、と相手は答えた。彼はバスで、町のギリシア系住民の住む地域にあるジミー・ドリザスの家へ行った。ジミーはアパートの階段の鉄の手すりに巻きつけた電飾コードの電球を取り換えているところだった。一杯やらないかとジミーは誘った。いや、遠慮しとくよ、ジミー、やめとこう、と彼は言った。ジミーは料理をちょっと持って帰れと勧めた。ありがとう、ジミー、君にも奥さんにも感謝するよ、とハワードは答えた。

ジミーは彼に車のキーとラム肉の皿を渡し、クラッチはそっと踏めよ、と言った。彼は頷いて、クラッチを踏み、ニュートラル走行で車を私道から出した。彼はギアをファーストに入れ、アクセルを踏みながらクラッチを放した。ギアが唸りをあげて嚙み合い、そして引っかかった。車は飛び出し、エンストした。両手にそれぞれ色つきのクリスマス用電球を持って階段のところから見ていたジミー・ドリザスは、いったい何飲んできたんだよ？と怒鳴って笑った。ハワードは手を振って車のギアを入れ、時速五マイルでのろのろとその場を離れ、角に到達してそこを曲がると、またエンストしたが、今回はジミー・ドリザスからは見えなくなっていた。彼は四時間を費やしてクリスマスイヴのフィラデルフィアの通りをよたよた走り、独学で運転方法を学んだ。夜の九時、小雪がちらつき始めた頃、彼はジミー・ドリザスのフォードを運転して北へ向かう幹線道路に乗った。

　メガンが夫に隠していたのはピッツバーグに母親がいるということだった。彼が妻に隠していたのは彼が最初の家族の動静を探り、彼らが移転するのをニューイングランドじゅう追っていたということだった。彼は郵便局に電話して住所を確かめていた。交換手に電話して新しい電話番号も聞き出した。息子のジョージがマサチューセッツ州イーノンに引っ越したときには、交換手は二人のG・クロスビーの番号を教えてくれた。ハワードは最初の番号にかけてみた。年取った女が出て、はい、ガス・クロスビーです。どちらさまですか？　と言った。ハワードは受話器を置き、二番目の番号を日記に書きとめた。

コネチカットのどこかで彼は車を停め、フォードの後部座席で四時間眠った。凍えて目が覚めた。車を停めていたのはガソリンスタンドの裏だった。彼は洗面用具入れを取り出すと、スタンドのトイレを使った。歯を磨き、髪を梳かし、ヘアトニックをふりかけ、十六のときに父親から貰い、いまだに刃の重みだけで肌が切れるほどの切れ味を鈍らせないようにしている西洋剃刀でひげを剃った。正午に、24番出口で幹線道路を下りた。左に入ってメイン通りを三マイル走る。また左へ、アーバー通りに入って、スピードを落とし、ドアの枠や郵便受けに記された番地を探した。黄色いケープコッド風の、緑のブラインドの小さな家に行きついた。玄関に通じる敷石の通路の端にある郵便受けには、ジョージ・W・クロスビーと記されていた。ハワードはエンジンを切らずに車から降り、通路を歩いて息子の玄関のドアをノックした。

北の人間《ホモ・ボレアリス》——1　枯木を蹴飛ばして樹皮をはがすと、下の柔らかい木質部分はおがくずのように色が薄く、鉄筆か細い彫刻刀で文字を書きこんでからまた幹——秘密の言語を守るざらざらした肌の割れやすい隠し場所——に樹皮をかぶせたように見える奇妙な模様で覆われていることもあった。藪のなかをどんどん進んでいきながら、私たちはこうしたヒエログリフを啓示であるかのごとく見いだした。私たちだけが発見するよう誰かが残しておいたメッセージであるかのごとく。それについてとっくり考え、棒で突いたりこすったりするよう、ただし理解はできず、誰であれ本来の受け取り手のためにトーテムのごとく残しておくのだ。2　私たちは、複雑で重要な指示を入れ墨された男たちの物語を作った。入れ墨は深い層に彫りこまれていて、男たちは背中の長いーの字形の傷でそれとわかるのだが、そこをまた切って、皮膚を両開きのドアのように開くと、組みひものような筋肉と秘密の文字が現われるのだ。無論、男たちは自分がそんな記号の運び手だと知ることはない。そしてもちろん、こうしたメッセージを読む側の人たちは、非常に長く難しい手順を踏んで曖昧な手がかりや指示を解読し、こうした特殊な使者を見つけねばならないのだが、これは使者の男とメッセージの両方を守るためだ。捜す側は使者を見つける。使者が老いぼれ馬を売りつけようとしたり、宿屋で朝食を給仕してくれたり、朝の休憩のときに政治家の文句を言ったりするときに、捜し手は使者だと気づくのだ。3　あの物語は無知もはなはだしいものだった。私たちは結局、わからないことを陰謀だの謀議だのにしてしまう愚かしさに気づいたのだ。何もかもだいたいにおいて常によくわからなかった。これといった理由がなくともわかるときにはわかり、私たちは満足した。それから私たちは目の前に現われるもの、というか、出くわしたものを何でも使って自分たちの町を作った。そんなわけで私たちは毛髪の小屋に、包み紙ときらきら光る飾り紐と糸でできた巣に住むこととなったのだが、それにナットを通して結わえ、テープや古いガムを使って天井からぶら下げた。ナットはどれも私たちが見つけたボルトのねじ山と合わなかったからだ。町役場はストロー（曲がるのもあったが、ほとんどは曲がらないやつ）とホイールキャップと煙草を包んであったアルミホイルで建てた。日に照らされて茶色く古びた日曜紙のテントの下の木々の曲がった部分は、何人でも暮らせた。雨が降ると、こうした建物は膨張して、それからどろどろになって洗い流され、借家人たちは太陽がまた顔を出したら陽だまりで体を乾かし、ブリキ缶やニッケル貨やマッチ箱や、元はフライドポテトやオニオンリングが入っていた油っぽい紙の舟をまた集めることになるのだった。４　緑の海は灰色に変わり、表面は薄膜のようにうねった。貝殻を求めて飛び込むと、抵抗もなく左右に分かれ、私たちの上を向いたつま先の後ろでまた閉じた。私たちはそのなめらかな黒鉛のなかで何も見えないまま手探りし、砂を選り分けて風と霧のマントのためのすべすべした石を見つけ、浮上すると、髪についていたものが水銀のように流れ出し、また元のところへ合体した。継ぎ目もなく、分子レベルで、なめらかに、原子レベルで。私たちは群になって旅した。水面に飛びだしては、切り立った崖や、北の、石英を頂いたモミの列を垣間見た。雪の浜辺や砂吹雪を見た。５　死ぬときが来ると、私たちはそれと悟って奥深い庭に行き、そこで横たわると、私たちの骨は真鍮になった。私たちは選り分けられた。壊れた時計を、オルゴールを修理するのに使われた。骨盤は小歯車《ピニオン》に取り付けられ、脊柱はあまたのものにはんだ付けされた。肋骨は歯車の歯として取り付けられ、コツコツカタカタ、牙のような音をたてた。このようにして、やっと私たちは一体となったのだ。

死にゆくジョージ・ワシントン・クロスビーが最後に思い出したのは、一九五三年のクリスマスディナーのことだった。ちょうど彼が妻と二人の娘——今、彼のベッド脇に、やつれて青ざめ疲れきって座っている二人の娘ベッツィとクレア、彼が慈しみ、彼が二人をパパの小さな娘でいさせてやっているかぎりそのままで、彼が死ぬ日までそのままで、つまり今日という日までそのままなのだと彼が悟った娘たち——と食事しようと座っていたときに、玄関の呼び鈴が鳴った。死にかけている彼は、テーブルから立ち上がって、まったく、今頃何だろう？　と呟きながらドアのところへ歩いていったことは思い出さなかった。我が家の玄関先にいる老人が自分の父親だとわかると、十二歳の少年だった自分と夫ならびに父親となった中年の自分とのあいだの時間のすべてが収縮してゼロになったことは、思い出した。彼の父親ハワード・アーロン・クロスビーは、ある夜、郡を巡回してブラシや石鹸を主婦たちに売り歩いたあと、メイン州ウエストコーヴの我が家まで来て、薄暗い明かりの灯る台所の窓から家族の姿を見て、ラバのプリンス・エドワードにヒッコリーの小枝で鞭をくれ、そのまま荷馬車で道路を進み、しまいに名無しとなってフィラデルフィアへたどり着いたのだったが、それ以来、ずっと会っていなかったのだった。

彼の父親は帽子を膝に置いてソファの端に腰かけ、外では借り物の車のエンジンがかけっぱなしになっていた。テーブルの上では料理が湯気をあげていたが、父親は、いや、いや、長くはいられないんだ、と言った。父親は近況をたずねた。お前は元気なのか？妹たちはどうしてる？　お前の母さんは？　ジョーは？　ああ、なるほど。で、この子は？　ああ、ベッツィか。そしてあんたは？　クレア、そうか。そうか、そうか、そりゃもちろん人見知りするさ——俺は知らないジイサンだものな、うん。ああ、いや、もう失礼するよ。また会えてよかったよ、ジョージ。ああ、ああ、そうするとも。さようなら。

訳者あとがき

本書『ティンカーズ』は、二〇一〇年のピュリツァー賞フィクション部門受賞作である。受賞のおりには、いっぷう変わった作品のスタイルもさることながら、新興の小出版社から刊行された無名の作者の処女作による授賞ということで大きな話題となった。

作者のポール・ハーディングは一九六七年生まれで、マサチューセッツ州ウェナム（かつては入植者からイーノンと呼ばれていて、本書で死の床に横たわるジョージ・ワシントン・クロスビーが居を構えているとされる町の名は、ここからきている）で育った。マサチューセッツ大学で英語英文学を学んだのち、大学時代に結成したコールド・ウォーター・フラットというバンドでドラマーを務めながらアメリカやヨーロッパを巡業。だが、アルバムを二枚リリースしたのちバンドは解散。売れないミュージシャンの生活にうんざりしたハーディングは、べつの可能性を探ろうとスキッドモア・カレッジの夏期創作コースを受講、そこで高名な作家マリリン・ロビンソン（処女作 *Housekeeping* が一九八二年のピュリツァー賞最終候補となり、ＰＥＮ／ヘミングウェイ新人賞を受賞、次作 *Gilead* で二〇〇五年にピュリツァー賞を受賞している。死期を悟った牧師が再婚した若い妻とのあいだのまだ幼い息子に宛てて、同じく牧師だった自身の祖父や父親のこと、最初の結婚のことなどを綴るこの受賞作は、ごくストレートな書き方ながら本書と同じく内省的な思索に満ちている）の教えを受け、強く影響された。その後、多くの作家を輩出しているアイオワ・ライターズ・ワークショップで学ぶ。出願の際に添えた二篇の作品の一つが『ティンカーズ』の萌芽だった。だが、アイオワでハーディングが取り組んだのは、十六世紀メキシコの銀鉱山で男と偽って働く十二歳の少女を主人公とした小説だった。当時ガルシア＝マルケスやカルロス・フエンテスを愛読していたハーディングは、彼らのようなものを書きたいと三年間努力してみたのだが、どうもうまくいかない。そしてあるとき、その作品をあきらめ、自身の家族を題材とした本書にとりかかった。

最初の子供が生まれ、教職に就いたハーディングは、空き時間にノートパソコンを開き、あるいは手近の紙に手書きで、時系列は関係なく思いついたシーンから文章を紡ぎ出しては書き記していった。プロットを構築するのではなく言葉やイメージを追いかけるこの手法はハーディングに合っていたようで、自分のよく知る世界を基盤にしていることもあって執筆ははかどり、やがて、作者本人も覚えていないある文章を書き上げたときに、これでこの小説を書き終えたとハーディングは感じた。彼は書いたものをすべてパソコンに打ち込んでプリントアウトし、床に並べ、切り貼りして時系列や構成を整え、そうして本書ができあがった。

だが、いくつもの出版社に送ってみたもののいずれも相手にしてもらえず、原稿は三年近いあいだ机の引き出しにしまい込まれていた。やがて、ニューヨーク大学医学部の非営利出版局である新興のベルビュー・プレスが、癲癇が描かれていることを理由に出版を引き受け、二〇〇九年、ようやく本書は世に出ることとなった。作者が一時本になることすら諦めていたこの作品は、版元の編集者をはじめとして読んだ人の心をつぎつぎと捉え、主に西海岸の独立系書店を中心としてじわじわと読者の輪を広げ、「ニューヨークタイムズ」には見過ごされたものの、大手メディアの目にもとまり（「パブリッシャーズ・ウィークリー」は本書を「小説の職人技の見事な例」と呼び、「ブックリスト」は「精神的遺産を描く稀に見る美しい小説で、強烈な心理的、形而上的スリルに満ちている」と評した)、その年のいくつかのベストブックリストに挙げられた。販売部数は一万部をこえ、純文学作品の処女作としては十分すぎる成功だと作者は喜んだ。そこへなんとピュリツァー賞を授賞(誰も知らせてくれず、ハーディングはインターネットで賞のサイトをチェックして自分が受賞したことを知ったという)、またその前後にグッゲンハイム・フェローシップとPEN/ロバート・ビンガム・フェローシップも授賞し、ハーディングは一躍有名人となったのである。

街の書店がどんどん姿を消し、出版界の不況が嘆かれ、売れるのはごく一部のベストセラー本ばかり、そんななかで、名もない新興出版社から刊行された無名の新人の書いた地味な純文学小説が、その煌きに魅せられた人々の熱心なあと押しによって口コミで読者を増やし、ついにはピュリツァー賞を受賞するにいたったという経緯は、良い作品はなおも良い読者を獲得することができるのだという証として、本を愛する人々の心の励みとなった。

文字通りの切り貼りによってコラージュのように作り上げられた本書は、死にかけているジョージ・クロスビーの周囲の情景とその脳裏に浮かぶさまざまな思いや記憶、ジョージの父親ハワードの物語、そしてハワードが書いたらしい文章と十八世紀の時計修理手引書からの抜粋によって構成されている。核となっている事実は、アンティーク時計の修理や売買をしていた母方の祖父からハーディングが聞かされた話で、祖父が十二歳のとき、癲癇の持病があった祖父の父親が、妻が自分を施設に入れようと企んでいるのに気づいて家族を捨てて姿をくらました、というものだ。母方の祖父母は共にメイン州北部の貧しい家庭の出身だったが、昔のことを語ろうとはしなかった。「やっと森を出られたんだ、森で起きたことは森に置いてきた」。家出した曽祖父のことを訊ねた孫息子に、祖父はそう答えたという。その祖父が亡くなり、過去との絆が断ち切られてしまったように感じたハーディングは、自分の知らない一族の過去を想像によって再構築しようと思いたったのだ。だから、祖父から聞いた僅かな事実の断片以外、本書のすべては作者の創造である。祖父と仲が良く、祖父の故郷であるメイン州北部へ釣りに連れて行かれ、時計の修理を仕込まれ、祖父の時計関連の蔵書に親しんできた作者にとって、物語の舞台はよく知っている土地であり、十八世紀の時計修理手引書をそれらしく書くのはわけないことだった。

本書のタイトルである「ティンカー」は、修理したりいじくり回したりすること、またそれをする人や行商人を意味する。ハワードは森のティンカーだったし、その息子ジョージも時計修理というティンカーの仕事をしていた。そして作者もまた言葉のティンカーである。とにかく書き直すのが好きで、本書のどの文章であれ、数回にわたって書き直していないものはひとつもないらしい。詩と散文のあわいに関心があるという、十九世紀文学好きの作者が練りに練り上げた文章は、リリカルで密度が濃く、ときにめくるめくような世界を読者の前に広げてくれる。作者の愛するニューイングランドの自然がくっきりと立ち上がり、そこにエマソンやホイットマンやソローやウォレス・スティーヴンズの響きがこだまする。過去の記憶の舞台である北の森は、まるで神話世界のようだ。不思議な能力を持つ先住民や隠者がいて、精神を病んだ父親がある日とつぜんいなくなる。

「死ぬ八日まえから」（ちなみにこれは、一七〇ページに記されている、時計が一度のねじ巻きで動き続ける日数からきている）という印象的な書き出しで始まる、このニューイングランドの三代にわたる父と息子の物語は、ページ数も多くはなく、すぐ読めそうに思えるのだが、思いがけないところで目の前が割けて宇宙が広がり、あるいは時間についての考察が始まって足止めを食う。交互に現われる趣のまったく異なる断章は、しかしどこかで重なり合い、共鳴し合う。時計のメカニズムが人間の体や宇宙のメカニズムに繋がっていく、といった具合に。死、滅び、喪失、存在と無、時間、記憶について、本書はさまざまな形で考察する。無機物までをもひとしなみに「在る」にとりこんで輪廻転生の輪に収めてしまう。すべては元素に戻ってどこかでまた交じり合う。作者は死にゆくジョージの脳裏に蘇る最後の記憶として、明るい光に満ちた情景を置いてエンディングとしている。心憎い演出だ。

作中には印象的なエピソードがいろいろ出てくるが、読むたびに強く心に残るのがハワードの書いた鳥の巣の作り方だ。指をくちばしにして、鳥がするように一筋ずつ材料を集めて巣を織り上げ、そこに自分の大切なものを置く。この小説もそんなふうにして織り上げられているのではないかという気がする。

自らを独学で学んだニューイングランドの超越主義者《トランセンデンタリスト》であるとし、マリリン・ロビンソンの影響でここ数年にわたってカール・バルトの著作を読み込んでいるというハーディングは、現在妻と二人の息子とともにウェナムからほど遠くない町で暮らしている。次の作品はイーノンが舞台で、ジョージのベッドの傍らで読み聞かせをしていた孫息子チャーリーとその娘ケイトの物語、チャーリーの思い出のなかにジョージも登場するものの、本書の続編というわけではないという。次作ではどんな世界を見せてくれるのだろうか。

ときに息長く続く象徴的なイメージに満ちた文章を読み解くに際して力を貸してくださった香川大学農学部講師ピーター・ルーツさん、翻訳家平野キャシーさん、時計に関する記述についていろいろ教えてくださった細野章次さん、そしてこの作品と出会わせてくださり、原稿を細かく見てくださった白水社編集部の金子ちひろさん、どうもありがとうございました。

二〇一二年二月

小竹由美子

訳者略歴
一九五四年東京生まれ　早稲田大学法学部卒業
主要訳書
T・ボウラー『嵐をつかまえて』
A・N・ウィルソン『猫に名前はいらない』
J・シェパード『14歳のX計画』
P・トーディ『イエメンで鮭釣りを』
『ウィルバーフォース氏のヴィンテージ・ワイン』
(以上、白水社)
A・マンロー『イラクサ』『林檎の木の下で』
Y・クラウザー『サフラン・キッチン』
G・ハーディング『極北で』
A・ブルーム『リリアン』
J・アーヴィング『あの川のほとりで』(以上、新潮社)
T・ウィントン『ブルーバック』(さ・え・ら書房)
D・C・トーマス『親愛なるE』(ポプラ社)ほか多数

〈エクス・リブリス〉
ティンカーズ

二〇一二年四月一〇日　印刷
二〇一二年四月三〇日　発行

著者　ポール・ハーディング
訳者　©小《こ》竹《たけ》由《ゆ》美《み》子《こ》
発行者　及川直志
印刷所　株式会社三陽社
発行所　株式会社白水社
東京都千代田区神田小川町三の二四
電話　営業部〇三(三二九一)七八一一
　　　編集部〇三(三二九一)七八二一
振替　〇〇一九〇・五・三三二二八
郵便番号　一〇一・〇〇五二
http://www.hakusuisha.co.jp
乱丁・落丁本は、送料小社負担にてお取り替えいたします。

誠製本株式会社

ISBN978-4-560-09021-3

Printed in Japan

エクス・リブリス
EXLIBRIS

ジーザス・サン
■デニス・ジョンソン　柴田元幸訳

緊急治療室でぶらぶらする俺、目にナイフが刺さった男。犯罪、麻薬、暴力……最果てでもがき、生きる、破滅的な人びと。悪夢なのか、覚めているのか？　乾いた語りが心を震わす11の短篇。

煙の樹
■デニス・ジョンソン　藤井 光訳

ベトナム戦争下、元米軍大佐サンズとその甥スキップによる情報作戦の成否は？　『ジーザス・サン』の作家が到達した、「戦争と人間」の極限。山形浩生氏推薦！　《全米図書賞》受賞作品。

地図になかった世界
■エドワード・P・ジョーンズ　小澤英実訳

南北戦争以前、「黒人に所有された黒人奴隷」たちを描いた歴史長篇。日々の暮らしの喜怒哀楽を静かに語り、胸を打つ。ピュリツァー賞ほか主要文学賞を独占した話題作。柴田元幸氏推薦！